三島由紀夫
ミシマ ユキオ
陈德文 译

潮骚

著作权合同登记号　图字 01-2017-6248

SHIOSAI
by MISHIMA Yukio
Copyright © 1954 The Heirs of MISHIMA Yukio
All rights reserved.
Originally published in Japan.
Chinese(in simplified character only) translation rights arranged with
The Heirs of MISHIMA Yukio, Japan
through THE SAKAI AGENCY.

图书在版编目(CIP)数据

潮骚/(日)三岛由纪夫著;陈德文译.—北京:人民文学出版社,2016
(三岛由纪夫作品系列:典藏本)
ISBN 978-7-02-012098-7

Ⅰ.①潮… Ⅱ.①三…②陈… Ⅲ.①长篇小说—日本—现代 Ⅳ.①I313.45

中国版本图书馆 CIP 数据核字(2016)第 249006 号

责任编辑　陈　旻
装帧设计　陶　雷
责任印制　徐　冉

出版发行　人民文学出版社
社　　址　北京市朝内大街 166 号
邮政编码　100705
网　　址　http://www.rw-cn.com

印　　刷　中煤(北京)印务有限公司
经　　销　全国新华书店等

字　　数　89 千字
开　　本　880 毫米×1230 毫米　1/32
印　　张　4.75　插页 2
印　　数　1—6000
版　　次　2013 年 5 月北京第 1 版
印　　次　2018 年 9 月第 1 次印刷

书　　号　978-7-02-012098-7
定　　价　39.00 元

如有印装质量问题,请与本社图书销售中心调换。电话:010-65233595

第 一 章

歌岛是个小岛，人口一千四百人，周围不到四公里。

歌岛最美的景观有两处。其中一处是岛的顶端，那里有一座面向西北方的八代神社。

小岛位于伊势海湾口，从这里环顾伊势海面，四围景物尽收眼底。北边紧邻知多半岛，自东到北是绵延的渥美半岛。西面，由宇治山田至四日市的一带海岸隐约可见。

登上二百级的石阶，来到由一对石狮子护卫的牌坊前，站在这里回首眺望，可以看见被远景包围的自古以来的伊势海面。本来这里生长着一棵类似牌坊的"牌坊松"，枝叶交错，为景色镶上了有趣的画框，可是数年之前干枯了。

松树绿色尚浅，然而近岸的海面却染上春天海藻的暗红。西北的季风从津市的海口不断吹过来，给来这里赏景的人增添几分清寒。

八代神社是祭祀海神绵津见命的。对于这位海神的信仰，自然来自渔夫们的生活，他们平素祈求海上安全，遇到海难得以幸免，人们就争先恐后向这座神社供纳香资。

八代神社有六十六面铜镜之宝。既有八世纪时候的葡萄镜，也有日本仅存的六朝时代铜镜的仿制品。那些雕刻在镜子背面的鹿和松鼠，在遥远的往古，从波斯的森林，经过漫长的陆路和烟水浩荡的海途，绕过半个世界来到这里，至今定住于这座小岛之上。

另一处最美好的景观是靠近岛上东山山顶的灯塔。

竖立灯塔的悬崖下面，伊良湖水道海流的袭响不绝于耳。连接伊势海和太平洋的这座狭窄的海门，在有风的日子里总是翻卷着旋涡。隔着水道，渥美半岛的尖端迫在眼前，在这片多石的荒凉的临水岸边，耸立着伊良湖岬角无人管理的小小灯塔。

自歌岛灯塔可以望到太平洋的一部分，隔着东北渥美湾的群山的远方，刮起强劲西风的早晨，有时可以看见富士山。

由名古屋或四日市进出港的轮船，穿过海湾内外无数渔船，通过伊良湖水道的时候，灯塔员总是对着望远镜，迅速报出船名。

进入镜头视野的是三井航线的货船、一千九百吨的十胜丸，身穿作业服的两名船员一边踏步一边说话。

过了一会儿，又有一艘英国船塔里斯曼号进港。一个船员在上甲板玩套圈游戏，身影小巧而又鲜明。

灯塔员坐在值班房的桌子前边，在船舶通过表上记录着船名、信号符号、通过时分和方向，然后做成电文发出去。根据他的报告，海港的货主尽早做好准备。

一到下午，落日被东山遮挡，灯塔附近一派阴翳，老鹰在明丽的海上飞舞。天空高渺，它不住鼓动着两翼翱翔，眼看就要俯冲下来，然而却没有俯冲，迅疾地在空中一缩身子滑翔下去。

太阳下山时，一位青年渔夫手里提着一条大比目鱼走出村子，登上一边的山道，直奔灯塔而来。

他前年刚从新制中学毕业，才十八岁。身个儿高大，体魄健壮，一脸稚气很符合他的年龄。他的肌肤被太阳晒得不能再黑了，长着极富岛民特色的端正的鼻子和皲裂的嘴唇。一双闪闪发亮的黑眼珠，是以大海为家的人们从大海那里获得的赏赐，而决不是智慧的闪现。因为他的学习成绩实在太差。

今天整日都穿着作业服在捕鱼，这是他死去的父亲留下的裤子和粗糙的上装。

青年已经穿过静寂的小学校园，登上水车旁边的山坡，顺着石阶来到八代神社后头。神社院子沉浸在夕暮里的桃花灼灼可见。从那儿到灯塔还有将近十分钟路程。

这条山路着实崎岖不平，即使在白天，走不惯的人也会跌跤。然而这位青年，闭着眼睛也能分辨出松树根和岩石。眼下，他一边思考问题一边前行，也不会被绊倒。

先前，趁着还有残照的时候，载着青年的太平丸回到了歌岛港。这位青年和船主还有一个伙伴儿，每天一同乘着这只小汽艇去捕鱼。回港后，他把捕的鱼卸到合作社的船上，将小船拖上岸，然后手里拎上一条比目鱼，准备送往灯塔长家里。青年首先要沿着海滨回自家一趟，每逢这时候，暮色降临海滩，众多渔船回港靠岸，传来一阵阵嘈杂的吆喝声。

沙滩上有一位陌生的少女，站在一只名叫"算盘"的坚固的木座旁边，她把身子靠在木座上休息。当吊车将渔船拖上岸时，这只木座就托住船底，一点点拉动上来。少女似乎干完活儿正在歇息呢。

她额头渗出了汗水，面颊红扑扑的。寒冷的西风刮得正紧，正在干活儿的少女将火红的脸蛋儿裸露在风里，秀发飘扬，显得非常兴奋。她穿着棉坎肩儿，手上戴着脏污的线手套。健康的肤色和别的少女没有什么区别，只是她双目清亮，眉宇娴静。少女凝眸遥望西方海上，那里黑云攒聚之间，露出一点夕照的红霞。

青年没见过这张面孔，大凡歌岛的人，没有他不认识的。外来人他一眼就看得出。可是这位少女却不是一副外地人的打扮啊，唯有她那独自一人盯着海面的神情，不像是岛上快活的女人们。

青年故意打少女眼前走过。就像小孩子看稀罕景，他面对面望着少女。少女微微皱起了眉头。她眼睛没有朝向青年，依然目不转睛地望着海面。

性格沉静的青年，经过一番检验之后，随即匆匆离开那里。此时，他一味沉浸在充满好奇心的幸福之中。这种有失礼仪的检验使他面带愧色，这是直到后来也就是登上通往灯塔山路的时候。

青年从一排排松树之间眺望眼下潮水汹涌的海面。月出前的大海黑沉沉一片。

他拐上"女儿坡"——传说这里时常会碰到一个高个子女妖——开始可以望见灯塔上又高又亮的窗户。那里的灯光渗入青年的眼眸。村中的发电机很早就出了故障，村子里只能点油灯。

他老给灯塔长送鱼，是为了感谢灯塔长的恩情。据说青年从新制中学毕业时留级，只得延长一年。可巧他母亲经常来灯塔附近收集点火的松叶，结识了灯塔长的夫人。母亲对那位夫人诉苦说，要再读一年生活没有着落。夫人对灯塔长说了，灯塔长去会见关系亲密的校长，免除青年留级，按时毕业。

青年出了学校就去捕鱼了。他经常给灯塔长送些水产，帮忙买买东西。所以甚得灯塔长夫妇的欢心。

通向灯塔的几段水泥阶梯前，有一块小小空地，这里就是灯塔长的官邸。厨房的玻璃窗上晃动着夫人的影像，似乎正在做晚饭。青年从外头招呼一声，夫人打开房门。

"哎呀，是新治啊！"

当他默默不语把比目鱼递过去的时候，夫人高声喊道：

"孩子他爸，久保送鱼来啦！"

灯塔长在里头用质朴的嗓音回应道：

"老是麻烦你，快进来，新治君。"

青年站在厨房门口，犯起了踌躇。比目鱼已经搁在大白瓷盘里了，鱼鳃还在微微翕动。血水从鳃里流出来，渗进平滑、白嫩的肌理。

第 二 章

　　第二天早晨，新治乘上师傅的船出海捕鱼。海面上黎明时分薄阴的天空一片灰白。

　　到达渔场要花一小时光景。新治身穿作业服，胸前系着黑色胶皮围裙，长及膝盖，手上戴着长的胶皮手套。他站在船首，望着船行前方灰色天空下的太平洋的一角，想起昨晚从灯塔回来直到睡觉之前的一些事情。

　　……小屋内的锅灶旁边吊着昏暗的油灯，母亲和弟弟等着新治回来。弟弟十二岁了。战争最后一年，父亲死于机枪扫射，自那以来，直到新治能下海干活儿，数年之间，全靠母亲一人做海女的收入维持生计。

　　"灯塔长很高兴吧？"

　　"嗯，他一个劲儿请我进屋，还给我喝可可茶哩！"

　　"什么可可茶？"

　　"就是西洋的红豆汤啊。"

　　母亲对于做菜一窍不通，她只会切生鱼片、凉拌菜，或者烤整鱼、煨沙锅什么的。盘子里盛着红烧鲂鱼，这是新治捕捞的，也没有好好洗干净就下锅了，所以鱼肉里有沙子，吃起来牙碜。

新治巴望在饭桌上能听到母亲谈到那位新来的少女，可是母亲嘴紧，从来不肯提别人家的事。

吃罢饭，新治带弟弟去公共浴池，他想在洗澡的时候听到些消息。时间很晚了，浴池里空荡荡的，洗澡水很脏。这时，天棚上回响着粗犷的谈话声，渔业合作社社长和邮局局长泡在浴槽里，正在讨论政治问题。兄弟两个向他们点点头，便浸在池子的一角里。不管如何侧耳倾听，那番政治议论很难转向少女的话题。这当儿，弟弟很快上去了，新治也跟着一同出来，问他出了什么事。原来弟弟阿宏今天练习刀剑术，刀子打在社长儿子的头上，疼得他哭了。

当晚，平时很容易入睡的新治，上床后一直睁着两眼。他觉得很奇怪，这位从来不生病的青年，害怕真的生病了。

……这种奇妙的不安，今天早晨还没有消除。新治站在船头上，面前是广袤的大海，他每天一看到这海，浑身就充满热情和活力，心情也就自然放松下来了。小船在发动机声里细细颤抖着，凛冽的晨风扑打着青春的面孔。

右方悬崖上高高耸峙的灯塔已经收纳了灯光。早春褐色的森林下面，伊良湖水道波高浪险，飞溅的水沫为早晨阴霾的景色涂上一抹银白。太平丸在师傅娴熟的摇橹技术操纵下，可以斜斜划过旋涡翻卷的水道，然而要是大船通过水道，必须从两座暗礁之间的水花四溅的狭窄航路穿过。航路水深八十寻到一百寻，暗礁之上只有十三寻到二十寻。而且，从有航标的地方到太平洋方向，沉下了无数只章鱼罐。

歌岛全年捕鱼量章鱼占到八成。十一月开始的章鱼汛期，到春分时节开始的乌贼鱼汛期，已经临近尾声了。伊势海水冷，章鱼都躲到太平洋深水里避寒，章鱼罐就是专门等待捕捉这种所谓"沉鱼"的。这个季节结束了。

小岛太平洋一侧的浅海各处的地形，对于一个老练的渔夫来说，就像熟悉自家后院一样了如指掌。

"海底一抹黑，就像瞎子按摩一样。"

他们都这么说。他们懂得用罗盘针指示方向，对照遥远地岬上的山峦，根据落差测知渔船的位置。知道了位置，就知道海底的地形。一条缆绳上分别坠着一百多只章鱼罐，分成几列，有规则地排在海底。每段缆绳上系着浮子，随着潮起潮落，浮子不停地漂动。论起捕鱼的技术，全在于既是船主又是师傅的捕捞队长了。

新治和另一位青年龙二，只管卖力气干活儿就是了。

捕捞队长大山十吉，一张脸就像被海风鞣熟了的皮子，连皱纹深处也被日光晒黑了。他手上的疤痕是渗进皱纹的油污还是过去打鱼留下的伤痕就不得而知了。他不大爱笑，总是很沉静，即便指挥捕鱼时嗓门很大，但从不因为发怒而大喊大叫。

十吉干活时，一概不离摇橹间，他用一只手调节发动机。

来到外海,这里集合着过去从未见过的众多渔船,互相道一声"早安"。十吉降低马力,一到自己的渔场,他就向新治示意,叫他把传送带装在发动机上,再卷在船舷的辊轴上。渔船顺着缆绳徐徐前行,辊轴带动船边的滑轮,青年们交替着将章鱼罐的绳索挂在滑轮上。这活计不能停手,否则绳子就会滑脱,再想将饱含海水的沉重的绳索重新拉回来,必须花费更大的气力。

水平线上的云彩笼罩着淡淡的阳光。两三只鱼鹰伸着长长的脖子在水里游泳。眼望歌岛,朝南的悬崖都被群栖的鱼鹰的粪便染白了。

寒风刺骨。新治把绳索挂在滑轮上,同时瞅着深蓝的海水,他由此感到,自己马上就要激起一股出大力、流大汗的热情来了。滑轮旋转着,湿漉漉的沉重的绳索从海里上来了。新治的手隔着胶皮手套,紧握着冰硬的绳索。捯上来的绳索通过滑轮时,飞散着阵阵冰雨般的水珠儿。

接着,章鱼罐渐次从水里露出土红色的影像,龙二等待着,如果遇到无鱼的空罐,就赶紧将里面的积水倒出来,以免碰着滑轮,然后再挂在水下的绳子上。

新治一只脚踏着船头,一只脚跨出去,似乎在和海里的什么举行长距离拔河比赛,不住地捯着绳索。新治胜利了!然而,大海实际上也没有失败。仿佛是在嘲笑他,一只只空罐接连不断地送到他眼前。

　　七米或十米间隔的章鱼罐已经有二十多只空罐了。新治继续捯着绳索，龙二倒空海水。十吉兀自不动声色，手里把着橹，默默望着青年们干活儿。

　　新治的脊背上慢慢渗出了汗水。晨风吹拂着他的额头，上面的汗水闪着光亮。面颊热辣辣的。阳光终于穿过云层，将年轻人跃动的身影淡淡地印在他们脚边。

　　龙二没有将拉上来的罐子送回海里，而是倒着扣在船舱内。十吉停住滑轮滑动，新治这才回顾一下罐子。龙二用木棒捅捅罐里，章鱼始终不出来。再用木棒搅动一下，章鱼就像还没睡醒午觉的懒汉，很不情愿地滑出身子，蜷伏在那儿。机房前边的大竹箅盖子弹开了，今日第一次收获，带着一声钝响滑进了舱底。

　　太平丸整个上午几乎都用来捕获章鱼，仅仅抓到五条。风息了，阳光朗朗地照耀着。太平丸顺着伊良湖水道驶回伊势海。抵达禁渔区后，悄悄使用拉网法。

　　所谓拉网法捕鱼，就是摆开一列结实的钓针，随着船行，像耙子一般耙过海底。连缀着众多钓针的绳子，平行安装在缆绳上，水平地沉入海底。过一会儿提起来，四条牛尾鱼和三条比目鱼跳出水面。新治徒手从钓针上解下来。牛尾鱼呈现着乳白色的腹部，被倒在涂满血迹的甲板上。比目鱼埋在皱纹里的小眼睛,还有那又黑又湿的身子,一起映着蓝天。

到了吃午饭的时候,十吉将捕捞的牛尾鱼摊在发动机的盖子上,切成生鱼片,在锡箔纸包装的饭盒盖上分成三份儿,浇上盛在小瓶里的酱油。三个人捧起一旁的插入两三片腌菜的麦饭便当吃着。渔船任其在波里漂荡。

"宫田家的照大爷把闺女接回来了,知道吗?"十吉冷不丁冒出一句。

"不知道。"

"不知道。"

两位青年摇摇头。十吉继续说:

"照大爷呀,他生下四女一男,女孩子成堆。三个出嫁了,一个给人做了养女。最小的女儿叫初江,被志摩老崎的海女家领养去了。谁知一个儿子松兄,去年得了肺病死了,照大爷成了孤老头子,身边一下子冷清起来。这回把初江叫回来,恢复了户籍,打算招个养老女婿。初江生得特别漂亮,年轻人都想做他家的女婿,可风光啦!你们怎么样?"

新治和龙二互相对望着笑了笑。他们两个都脸红了,不过平日里被太阳晒得黝黑,红得不很明显。

在新治心里,刚提起的姑娘和昨天在海滩遇见的姑娘,已经紧紧合在一起了。同时又想到,自家生活贫穷,缺乏自信,总觉得昨晚就近看到的女孩儿,距离自己十分遥远。宫田照吉是一位富豪,拥有山川运输公司承包的巨轮——一百八十五吨的机帆船歌岛丸和九十五吨的春风丸。他是个出了名的爱训斥人的老头儿，发起怒来那满头白发像狮子的鬣毛一样高高直立。

新治思考问题都很实在。自己刚十八岁，考虑女人为时尚早。比起那些容易受到多方刺激的都市少年，环境不同。歌岛没有一家弹子房，没有一爿酒吧，也没有一位陪酒女子。况且，这位青年朴素的理想就是将来能有自己的机帆船，和弟弟一起从事海岸运输。

新治身边有广大的海洋，根本不会无缘无故梦想到海外一展宏图。大海对于一个渔民来说，就像农民拥有的土地，海洋就是他们生息的场所。这里虽然没有起伏的稻穗和麦浪，但却有变幻不定的银波碧涛，在这片柔土般的领地上漂流翻卷。

……话虽如此，那天打鱼归来，青年望着水平线上当着晚霞行驶的一艘白色货船，心中涌起奇妙的感动。由远方逼近的世界竟然如此广大，这是从未想到过的。这未知世界的印象犹如远雷，殷殷动地而来，随即又消隐了。

船头甲板上晾晒着一只小海星。青年蹲在船头上，眼睛离开落霞，轻轻摇了摇用白色厚毛巾包裹的头颅。

第 三 章

当晚，新治去参加青年会的例会，从前称为"寝屋"的青年合宿制度，如今改成这个名称了。现在有好多青年，宁愿睡在海滩简陋的小屋里，也不想住在家中。他们在这里就各种问题展开讨论，例如学习、卫生、打捞沉船、海上救护，还有青年人传统的狮子舞和盂兰盆舞什么的。青年们一到这里，就觉得和公共生活联系在一起，从而愉快地品味着一个堂堂男儿所应承担的重要责任。

关闭的百叶窗被海风吹得咯咯作响，油灯的灯光摇摆不定，时而跳亮，时而昏暗下来。门外，夜间的海洋就在眼前，阵阵轰鸣的海潮，仿佛在年轻人灯影辉映的快活的脸上，倾吐着一种自然的不安和力量。

新治一走进来，就发现油灯下边趴着一个青年，正在请伙伴儿用生锈的推子给自己剪头。新治笑笑，抱着膝盖坐在墙边。他经常这样默默地听着别人谈话。

青年们兴高采烈谈论着今日捕鱼的成绩，互相不客气地大讲对方的坏话。喜欢看书的青年，拼命阅读常备的过期的杂志，有的则以同样的热情埋头看漫画。有的用同自己年龄不相称的粗大骨节的手按住书页，一时弄不清书上的笑话，想了两三分钟后，才开怀大笑起来。

在这里，新治也听到了那位少女的传闻，一个牙齿横七竖八的少年，张开大嘴笑着说道：

"提起初江姑娘……"

他的话只有片言只语传进新治的耳眼里，其余嘈杂一片，混在别人的笑声里，听不清楚。

新治本是一个对于任何事情都无动于衷的少年，然而这个名字却像一个难解的问题，搅得他心情不安。只要一听到这个名字，他就脸红心跳。即便这样一动不动干坐着，心中也会激动不已，这种变化只在干重活儿时候才有。他为此有些害怕。他用手心摸摸自己的面颊，一副灼热的脸孔仿佛是别人的。一种自己也闹不明白的存在伤害了他的自尊，愤怒使他的脸变得更加红润了。

大伙儿都在等着支部长川本安夫的到来。十九岁的安夫出生于村里的名门，具有一股吸引人的魅力。他这般年纪就懂得树立个人威望，每逢集会，必定晚到。

门豁然打开，安夫走进来了。他身材肥胖，有一副酒鬼父亲遗传给他的红彤彤的脸膛。虽说不怎么惹人厌烦，但淡淡的眉毛显出几分狡黠。他用灵巧的标准语说道：

"迟到了，抱歉。好吧，现在开始讨论下月要做的工作。"

说罢,他坐在桌前,翻开笔记本。不知为何,安夫很急促地说道:

"这是以前规定好的,哎,比如举办敬老活动,搬运石料修建田间道路。还有,村民会委托要办的,清扫下水道灭鼠等。这些工作都放在天气不好、不能出海打鱼时进行。灭鼠任何时候都没有关系。下水道以外的老鼠,即使捕杀也不会被警察抓起来。"

大家笑了。

"哇,哈哈,是啊,说得好!"有人笑着喊道。

有人提议请校医开办卫生讲座,举行演讲比赛等。旧历新年刚过,对各种活动已经厌倦的青年们,对这些没多大兴趣。接着开会讲评油印机关刊物《孤岛》,一位爱好读书的青年发表感想,最后朗读一段魏尔伦①的诗作,结果成了大家攻击的靶子:

　　我心中莫名的忧伤,

　　为何会掠过大海中央?

　　它掀起一阵疯狂,

　　张开羽翼跳跃,飞翔……

"什么叫疯狂,疯狂?"

---

① 魏尔伦(Paul-Marie Verlaine,1844—1896),法国诗人。

"疯狂，疯狂，疯狂！"

"不对，该是慌慌张张吧？"

"是的是的，'慌慌张张，疯疯狂狂'，这才通呀！"

"魏尔伦，是什么人？"

"是法国的大诗人。"

"什么？有谁知道他呀？准是从哪首流行歌里抄来的，不是吗？"

每次开会，都是在互相攻击中结束的。支部长匆匆离去，新治不知什么原因。他抓住一个伙伴儿向他打听。

"你还不知道呀？"伙伴儿说，"他应邀赶着去出席宫田家的宴会呢。照大爷为女儿回乡举行庆祝宴会。"

新治没有被邀请参加贺宴。要是平时，他会和伙伴儿们说说笑笑走回家去。眼下，他独自一人离开大伙儿，沿着海滩走向通往八代神社的石阶。他从山坡上重重叠叠的每一户人家，寻找出了宫田家的灯光。灯光同样是油灯发出来的，那里宴会上的情景虽然看不见，但那油灯易感的火焰无疑正照耀着少女娴静的眉宇和修长的睫毛，将那摇曳不定的影子映在她的面颊上。

新治来到石阶下面，他仰望着松影斑驳的二百级白色的石阶，开始攀登。木屐反弹出干涩的音响。神社周围没有人影。神官家里也已经熄灯了。

青年一口气登上二百级石阶，一点儿也不感到气喘，可是一站到神社面前,他那宽阔的胸脯却谦恭地向前倾斜。他朝香资柜里投了一枚十元硬币,咬咬牙再投一枚十元硬币。随着一声响彻庭园的拍手,新治在心里这样祈祷着:

"神呀,请保佑海上安宁,渔业丰产,全村越来越繁荣昌盛!我还是个少年,希望早一天做一个渔夫,熟知大海、鱼类、船只、气候等,成为一名无所不通、熟练而又优秀的人!请保佑我亲爱的母亲和幼小的弟弟!保佑海女下海季节母亲水下安全,免遭一切危险!……下边还有一个也许不很合理的请求:希望像我这样的人,也能娶个心地善良、模样儿俊俏的好媳妇!……比如像宫田照吉家接回来的那位姑娘……"

一阵风吹来,松树梢头簌簌而动。风直达神社晦暗的内部,掀起森严的响声。海神好像嘉许了这位青年的祈愿。

新治仰望星空,深深吐了口气。他想:

"这种随心所欲的祈祷,神仙听了会不会怪罪下来呢?"

第 四 章

过了四五天之后,一个刮大风的日子。海涛越过歌岛港的防波堤,水沫高扬。大海各处,银浪翻滚。

天气虽然晴朗,但因为刮风,全村休渔。母亲交给新治一桩差事:她在山上拾了一捆柴火,堆在山顶原陆军观哨所旧址附近。上头扎着红布条的,是母亲的那一份。新治上午去青年会搬运石料,母亲吩咐他顺便将那捆柴火捎回来。

新治背着柴框走出家门。到那里要经过灯塔。他一拐向女儿坡,风就奇怪地消失了。灯塔长家里静悄悄的,仿佛在睡午觉。灯塔值班房里,他看见了坐在桌前的灯塔员的脊背,收音机里正播放音乐。新治在攀登灯塔后面松林中的斜坡时,流了不少汗。

山间寂静无声。不但见不到一个人影,连一条随处乱转的野狗也没有。这座海岛,因为忌讳地方镇守神,莫说野狗,一条家狗也看不到。只有斜坡,土地狭窄,没有运输的牛马。论家畜就只有家猫了,它们辗转各处,走东家,串西家,用尾巴梢儿抚摩着断断续续印在石板小路上的房檐的阴影。

青年登上山顶，这里是歌岛的最高点，包裹在杨桐木、茱萸等灌木和高高的杂草里，视野被遮挡了。透过草木，只能听到喧骚的海潮。从这一带向南的下坡路，几乎长满灌木和野草，要去观哨所只好绕一个大弯子。

不一会儿，松林沙地的远方，出现了钢筋水泥建筑的三层楼房的观哨所。这座白色的废墟，坐落于荒无人烟的静寂的自然之中，看起来有些古里古怪的。二楼阳台上设有望远镜，士兵在这里观察伊良湖岬角对面小中山射击场发射的试验弹，以确认落弹地点。室内参谋询问炮弹落在何处，士兵随即给予回答。直到战前，这种生活在这里反复出现，露营的士兵不知道粮草日日减少的道理，只好归咎于狐狸精的作怪了。

青年打量了一下观哨所一楼，那里堆放着一捆干枯的松叶。作为储藏室的楼下，窗户很小，其中有的窗户玻璃尚未粉碎。借着微弱的光线，立即看到了母亲做的记号。扎着几缕红布条，上头用稚拙的毛笔字写着自己的名字"久保富"。

新治放下背上的柴框，将干松叶和柴火捆扎妥当。他很久没有到观哨所来了，不忍心马上离开。于是，他把东西暂时搁在一旁，双脚踏上了水泥楼梯。

这时，上头有一种轻微的木石相撞的声音传来。青年侧耳倾听，声音断了，也许是神经过敏吧。

再上一段楼梯，废墟的二楼，宽大的窗户玻璃和窗棂都没有了，四围只有落寞的海洋环绕。阳台上的铁栏杆也不见了。淡灰色的墙壁上，残留着士兵们用粉笔涂写的字迹。

新治继续登楼，当他从三楼窗户凝望坍塌的国旗升降台的时候，这回确实听到有人哭泣。他立即飞奔上楼，穿着运动鞋的双脚步履轻盈地登上了楼顶。

没有听到脚步声，面前突然走来一位青年，对方倒是吓了一跳。那位穿着木屐正在啜泣的少女，止住了哭泣呆然而立。她是初江。

这种出乎意料的幸福的相会，使得青年怀疑自己的眼睛。他俩就像森林中偶然相遇的同类动物，各自都满怀着警惕和好奇，面面相觑，兀立不前。新治终于发问了：

"是初江姑娘吧？"

初江不由点点头，看样子，对方知道自己的名字，使她感到很惊讶。可是青年那双极力望着她的乌黑而深沉的眸子，使得初江想起在沙滩上死死盯住自己的那张青春的面庞。

"是你在哭吗？"

"是我。"

"为什么哭？"

新治像警察似的盘问道。

不料少女回答得很是爽快。原来灯塔长夫人召集村中有志女子开办讲座，教授行为礼仪。初江第一次参加，她来得很早，想先到后山转转，不巧迷路了。

这时候，两人头顶上掠过鸟影，是一只鹰隼。新治认为这是吉兆。于是，僵硬的舌头也变得灵活起来，恢复了平素男子汉的做派。他说自己正要经过灯塔回家，可以送她到那里。少女也顾不得擦一下脸上的泪水，破涕为笑了。宛若阴雨天里射下一道阳光。

初江穿着玄色的哔叽裤子，套着绯红的毛衣，脚上是红色天鹅绒的袜子，跂着木屐。她站在楼顶水泥廊檐边上俯视着海面。

"这房子是做什么用的？"

她问。新治稍稍离开些，走近廊檐回答说：

"是观哨所，这里可以观察大炮炮弹飞向何方。"

被山峦遮挡的岛的南侧没有风。阳光普照的太平洋尽在一望之中。断崖的松林下面，高耸着沾满鱼鹰白色粪便的岩石。近岛的海面因海底长满海藻，呈现黑褐色。怒涛扑打着一块高高的岩石，浪花四溅。新治指着那里说道：

"那是黑岛，据说有个铃木警察在那里钓鱼，被海浪攫走了。"

这时候，新治感到十分幸福，可初江必须到灯塔长家里去了。她离开水泥廊檐，望着新治说道：

"我该走了。"

新治没有应声，脸上露出惊讶的神色，原来初江的红毛衣前襟上，横着出现一道黑色的印痕。

初江注意到了，刚才正好胸脯靠在水泥廊檐上，蹭了一块黑色的灰土。她低着头，用手拍打着自己的胸脯，毛衣下面仿佛隐藏着坚固的支撑物，微微隆起的部分在拍打之下，微妙地摇晃起来。新治兴奋地看着这一切，那乳房在她不断拍打的手里，就像被挑逗的小动物一样。那种运动中的富有弹力的柔软性，使得青年很受感动。那条蹭上的黑线掸掉了。

新治先站起来，走下水泥楼梯。这时，初江的木屐清脆地响了一声，震动了废墟的四壁。从二楼走下一楼时，木屐声在新治背后停止了，新治转头看看，少女笑了。

"怎么啦？"

"我黑，你也黑。"

"什么呀？"

"我们都是太阳晒的。"

青年莫名其妙地笑着走下楼梯，下了楼又折回去，他把母亲嘱咐拿柴火的事给忘记了。

从那里回灯塔的路上，新治背着一大捆松叶走在少女前头，她问起新治叫什么名字，他这才告诉她。新治接着又慌忙补充说，自己的名字以及两人在这里见面的事，都不要告诉别人。新治清楚地知道，村里人多嘴杂。初江答应他绝对不说出去。防备村人风言风语倒是可以理解，不过这样一来，就使得这次偶然的邂逅变成了两人的秘密。

新治默默走着,没有考虑下次如何再见面。他俩走到可以俯视灯塔的地方,青年告诉少女一条打灯塔长官舍后面下山的近道,自己特意绕弯路回家。说罢,两人就在这里分手了。

第 五 章

迄今为止，青年一直过着清贫而安宁的日子。打这一天开始，他被搅得坐立不安、神情恍惚起来。他感到自己没有哪一点足以引起初江的注意。他身体健壮，除了麻疹没有生过任何疾病。他游泳技术高超，可以围绕歌岛游上五圈儿。他腕力过人，自信不比任何人差。可是他想，单凭这些，也不可能使得初江动心。

其后，很难有机会再见到初江。他捕鱼归来，总是向沙滩上扫视一番，有时看到她的身影，因为忙着干活儿，没有搭话的空儿。再也不会一个人倚着"算盘"眺望海洋了。有时候，青年为思恋所苦，下决心不再想初江了。可是偏偏就在这一天，他从海上归来，在喧闹的沙滩上，必然能从人缝里窥见初江的身影。

都市少年首先从小说或电影里学会谈恋爱的方法，可是歌岛几乎没有可供模仿的对象。因此，从观哨所到灯塔，只有两人待在一起的这段宝贵时间里，新治根本想不起来应该做些什么事。他什么也没有做，仅仅留下痛切的悔恨。

不是什么黄道吉日，只因逢到父亲的忌辰，全家一起去扫墓。新治每天捕鱼，他凑着下海前一段时间，与手捧线香和鲜花的母亲，还有上学前的弟弟，三人一起走出家门。在这个岛上，即便大敞着门也不会被盗。

墓地位于村头连接沙滩的低矮的山崖之上，涨潮时海水逼近崖下。坑坑洼洼的斜坡布满墓碑，有的墓地建在沙地上，因基盘松软而倾斜着。

天还没有大亮。灯塔那里已经到了光明的时刻，可是面朝西北的村子和港口，还沉浸在夜色之中。

新治提着灯笼先走出来，弟弟阿宏揉揉困倦的眼睛跟在后头，他拽着母亲的衣袖说道：

"今天的盒饭，给我四个牡丹饼吧。"

"呀，只给两个，吃三个就要拉肚子。"

"我要吃四个嘛。"

为庚申神①守夜那天和祖先祭祀老祖，制作的牡丹饼大得像个枕头。

墓地上吹拂着寒冷的晨风。海面被海岛遮挡了，一片黑暗。远方的洋面染上了曙色。包围着伊势海的群山历历在望。黎明前光线黯淡中的墓石群，一眼望去，宛如喧嚷的海港停泊着众多白色的帆船。这些不再鼓浪航行的船帆，在过于长久的

---

① 即为神道教的青面金刚神守夜。第十章中的"庚申会"亦是此意。

休息里,化作了凝重下垂的岩石。那只铁锚深深刺入黑暗的地层,再也不会起碇前行了。

来到父亲墓前,母亲供上鲜花。擦了几次火柴,都被风扑灭了。最后好不容易燃着了线香。她叫两个儿子行礼,自己站在后头祭拜一番,哭了。

这个村子里流行一种忌讳:"不许女人和和尚上船。"父亲死时的船就是犯了这个忌。有个老婆子死了,合作社用船将尸体运到答志岛检验。船走到离歌岛三海里远的地方,碰到B24舰载飞机,先是投弹,接着又用机枪扫射。当天,轮机长不在船上,代理轮机长不熟悉机器性能,停转的发动机冒出的黑烟,成了敌机的目标。

油管和烟囱被炸毁,新治父亲头部从耳朵以上被炸得血肉模糊。一人眼睛中弹,当场死亡。一人子弹从脊背到达肺部,没有出来。一人腿负重伤。还有一人臀部肌肉被炸飞,因出血过多不久死亡。

甲板和船舱上血流成河。油箱被子弹击中,燃油流淌在鲜血上。为此,没有采取俯伏姿势的人腰部被打伤。躲在船首和船舱冷藏库中的四个人幸免于难。一人拼命从塔桥背后的小窗户里钻出来逃了,可是折回去再想从小圆窗钻出来,怎么也出不来了。

就这样,十一个人中三个人死了。可是甲板上盖着草帘子的老太婆尸首,没有中一颗子弹。

"捕捞玉筋鱼时节，父亲好可怕呀。"新治回头望着母亲说，"我每天挨打，连个消肿的空儿都不给哩！"

捕捞玉筋鱼是在远海浅水里进行的一项高难度技术，这种方法是在坚韧而又柔软的竹竿上扎上鸟毛，以模仿海鸟追赶水底鱼群。这需要憋足气力，屏住呼吸才行。

"是的是的，捕捞玉筋鱼，对于渔夫来说，也是壮男子汉的活儿。"

阿宏没有在意哥哥和母亲说些什么，只管梦想着十天后修学旅行的事。哥哥在弟弟这么大的时候，因为家里穷无法去修学旅行，这回自己挣钱给弟弟做盘缠。

全家扫完墓，新治径直去海滩，他要做出海的准备。母亲回家拿盒饭，赶在出海之前带给新治。

青年急急来到太平丸的时候，随着晨风传来过路人的谈话：

"川本家的安夫做了初江的上门女婿啦。"

听到这个消息，新治心里一片黑暗。

这天，太平丸依然整天都在捕章鱼。

直到回港之前的十一个小时，新治一句话没说，只顾埋头干活儿。他平时就不爱言语，所以即便不开口也不显得太反常。

返回海港后，像平日一样，将渔船同合作社的船只并在一起，把章鱼卸下，别的鱼类通过中间商批发给称做"买船"的个体户,转运出去。过秤时铁笼里活蹦欢跳的黑鲷映着夕阳闪闪发光。

每月里逢十是结账日,新治和龙二跟着师傅来到合作社办公室。这十天捕获量约一百五十公斤,从中扣除合作社代销手续费、百分之十公积金和损耗费,纯收入二万七千九百九十七元。新治还从师傅手里获得四千元回扣。在鱼汛高峰过后的时节,这算是相当不错的收入了。

青年张开粗大的手掌,舔着指头仔细数点着钞票,放入写好名字的纸袋,深深装在工作服里侧的口袋里。然后向师傅鞠了一躬离开了。师傅和合作社主任围着火钵,各自欣赏亲手用海松①雕成的烟嘴。

青年本想回自己家里,谁知双脚又自然朝海滩走去。

海滩上正在拖最后一条渔船上岸。操纵绞车的汉子,还有不少帮助拉纤的人。两个女子将"算盘"向船底推过去。看起来进展不很顺利。海滩上天黑了,看不到前来帮忙的中学生的影子。新治打算过去助一臂之力。

这时,推着渔船的一个女子抬头看看这边,是初江!新治从一大早起,心中就一片黑暗,他不愿再看到这位少女。但他还是走过去了。初江的脸孔在黯淡的暮色里闪现,她额头汗涔涔的,两颊飞起了红潮,一双乌黑的眸子直视着船头方向。新

---

① 一种固定生存在海底的动物,又名黑珊瑚。其骨可雕制印章、烟嘴等装饰品。

治的目光再也不肯离开那张面孔了。他默默把手搭在缆绳上了。操纵绞车的汉子对他说了声"谢谢"。新治一用力气，渔船立即滑上岸来，女子慌忙拎起"算盘"向船尾跑去。

渔船拉上岸，新治头也不回地向自家走去。其实他很想转头瞧瞧，但还是忍住了。

推开拉门，像往常一样，昏暗的油灯光里展现着自家焦褐色的榻榻米。弟弟趴在铺席上就着油灯做功课，母亲在厨房里忙着做饭。新治穿着的长筒胶靴也不脱，仰着上半个身子一骨碌躺倒在榻榻米上。

"回来啦？"

母亲招呼了一声。

新治平素总喜欢闷声不响地将钱包交到母亲手里。作为母亲，也很能理解儿子的心事，她故意装作忘记了发钱的日子。因为她很清楚，儿子很想看见自己那种惊喜的神色。

新治将手伸进工作服内侧的口袋，钱包没有了。又摸摸另一边口袋，再摸摸裤子口袋，最后又把手伸进裤子内侧的口袋。

一定掉到海滩上了。他一句话没说跑了出去。

新治离开自家之后，过了一会儿，听到外面有了响动，母亲出门一看，昏暗的空地上站着一位姑娘。

"新治君在家吗？"

"刚回来一下又出去啦。"

"这是在海滩上拾的,写着新治君的名字呢……"

"哎呀,真是太好啦,新治也许就是去找这个的。"

"我去叫他回来吧。"

"那敢情好,太谢谢您啦。"

海滩已经一片昏黑。答志岛、菅岛贫弱的灯光照耀着水面。众多沉睡的渔船,在闪亮的星光下并排而立,船头面向大海高高翘起。

初江看到新治的身影,当她一看到他就立即躲到船后。新治只顾低头找东西,似乎没有发现初江。他们在一只渔船的背阴里正好碰到了,青年一时茫然而立。

少女讲明事情的原委,说钱已经送到母亲手里,她特地前来知会他一声。她还说,向两三个人打听新治家的地址,为了不使人家生疑,一一都请他们看了纸袋。

青年放心地吐了口气。他微笑的白牙在黑暗之中漂亮地显露出来。由于走得急,少女的胸脯剧烈地一起一伏,新治联想到大海里湛蓝的澎湃的波涛。今朝引起的满心的忧愁消失了,他鼓足勇气问道:

"听说川本家的安夫,要上你家做女婿,是真的吗?"

这个问题很爽快地从青年嘴里流了出来。少女听了大笑,她笑得前仰后合,笑得喘不出气来。新治想止住她,她依然笑个不停。他把手搭在她的肩膀上，也没有用力气，初江一下子倒在沙地上，还是继续在笑。

"怎么啦？怎么啦？"

新治蹲在一旁，摇晃着她的肩膀。

少女好容易从笑中清醒过来，从正面仔细地打量着青年的脸庞，接着又笑起来。新治伸着脖子问她：

"真的吗？"

"傻瓜，净胡说。"

"不过，人家都这么说呀。"

"全是谣言。"

"啊，好难受呀，我这里都笑疼啦。"

少女按压着胸口。她穿着褪色的花格子工作服，胸脯激剧地起伏着。

"这地方很疼呢。"

初江强调说。

"你没事吧？"

新治不由伸过手去。

"你给我按按，倒好过些。"

少女说道。于是，新治的心脏激剧跳动起来。两人的脸庞挨得很近，互相能嗅到各人身上强烈的潮腥般的体臭，感受到对方的体温。干裂的嘴唇互相接触，多少带点儿咸味儿。新治觉得就像海藻。一瞬间过去了，这是青年有生以来初次的体验，他有些踌躇不安，随即移开身子站起来。

"明儿打鱼回来，我要给灯塔长送鱼去！"

新治望着大海，重整威严，他用一副堂堂男子汉的口气发表宣言。

"我要赶在你之前到灯塔长家里去。"

少女也望着大海宣言道。

两人分别走在渔船两边。新治想打那里直接回家，他注意着少女的姿影有没有从船后露出来。然而，印在沙地上的阴影告诉他，她就躲在船尾背面。

"影子正好露出来啦。"

青年提醒她。于是，他看到穿着粗条纹工作服的姑娘的身影，突然像野兽一般从船后奔突出来，头也不回地朝着海滩飞跑而去了。

第 六 章

第二天，打鱼归来的新治，提着两条用草秆穿鳃的五六寸长的虎鱼，到灯塔长官舍去。他登到八代神社的后面时，想到感谢神灵对自己的恩赐，又转到神社前面做了一番虔敬的祈祷。

祈祷完毕，他眺望月明之中的伊势海深深吸了一口气。几片云彩宛若古代的神仙在海上漂浮。

青年感到包裹着自己的丰饶的自然和他本人达到了无上的调和。他深深吸入的空气是眼睛看不到的创造自然的物质的一部分，这部分物质已经深深渗入青年自己的体内了。他所听到的潮水的喧骚，是海里巨大的潮流和自己体内青春的血潮共同演奏的乐章。新治在每天的生活中并不特别需要音乐，因为自然本身肯定是需要充满音乐的。

新治将虎鱼提高到眼前，面对着长着棘刺的丑恶的鱼的面孔，他吐出了舌头给鱼看。鱼显然还活着，但身子一动不动。新治捅捅鱼的下巴颏儿，将其中一条当空抖了抖。

毕竟这种幸福的相逢来得过早了，青年有些惋惜，他懒洋洋地迈开了脚步。

灯塔长和夫人对新来的初江都抱有好感。他们本来以为她沉默寡言，不怎么讨人喜欢，想不到她像一般女孩子一样爱笑，脸蛋儿红扑扑的，十分乖巧可人。礼仪讲座即将散会时，别的女孩儿家都不在意，初江总是第一个拾掇伙伴们用的茶杯，帮着夫人一起洗洗涮涮。

灯塔长夫妇有个女儿在东京读大学，只有假期才回到这个家里来。平日里村中的姑娘们来访，夫妻俩总是将她们当做亲生女儿一般对待，时刻关怀她们的冷暖，将她们的幸福看成是自己的幸福，打心眼儿里为她们高兴。

度过三十年灯塔生活的灯塔长，有着一副顽固的风貌，他总是大声训斥那些偷偷潜入灯塔里的村中的顽童，他对他们大发雷霆。孩子们都怕他，但实际上，他心眼儿很好，孤独使他完全放弃了相信人性恶的认识。灯塔上最大的快慰是客人来访。在远离人烟的灯塔上，老远赶来探望他的客人，总不至于怀有恶意吧。再说，一旦被当做亲密无间的贵客而受到招待，不论是谁也都会丢掉歹心的。事实上，正如他们经常提起的："恶意没有善意走得远。"

夫人也的确是个好人，过去当过乡村女校教师。漫长的灯塔生活，使她越来越养成了爱读书的习惯。她像一部百科全书，诸事无所不晓。她连斯卡拉剧团在米兰都清楚，也知道东京的一位电影女演员最近扭伤了右脚。她辩论起来能压倒丈夫，接着便为丈夫缝补袜子，精心准备晚饭。客人一来，她就滔滔不绝地讲个没完。村里人都知道这位夫人能言善辩，拿她同自己沉默寡言的妻子相比，对灯塔长寄予不必要的同情。灯塔长也很尊重夫人的学识。

官舍是三间平房，每个房间都像灯塔内部一样，收拾得一干二净，纤尘不染。柱子上挂着轮船公司的日历，过厅地炉里的灰烬也都压得很平整。客房一角即使女儿不在家，桌子上依旧摆着法国娃娃，蓝色玻璃笔盘光洁明亮。房子后头安设着利用灯塔机油渣滓做燃料的铁锅澡盆。这里的厕所也不同于污秽的渔家，入口总是挂着一块洗得很洁净的蓝手巾，看起来很舒心。

灯塔长一天里的大半天时间，都是守着地炉，在黄铜烟管里插上一支"新生"牌香烟抽着。白天里，灯塔一片死寂，值班房里只有年轻的灯塔员在登记船舶通过报表。

这天将近黄昏，也不是什么集会的日子，初江拿着一包用报纸包着的海参来访。她穿着海蓝哔叽裙子，下面是肉色的长筒袜，外头再套上红色的短袜。毛衣还是那件绯红色的。

她一进来，夫人就忙不迭地高声地说道：

"穿海蓝的裙子，最好配上黑色袜子。初江啊，你不是有吗？记得有一次你来这里穿过的呀。"

"是的。"

初江微微涨红了脸，在地炉边坐下来。

事情大体做完了，夫人也坐到地炉边，这回用一种和讲座不同的口气絮絮叨叨地说了起来。大凡对于年轻姑娘家，她总是问："有意中人了没有？"看到姑娘有些难为情，甚至灯塔长也跟着提一些令人尴尬的问题。

天渐渐黑下来了，夫妻俩一个劲儿留姑娘吃完饭再回去，初江说老父亲一个人在家等着，她必须赶回去。初江主动提议帮助灯塔长夫妇做晚饭，刚才拿出的点心也没有尝一口，只是红着脸看着下面。她一下厨房就振作起来，一边切海参，一边唱起这个岛上流行的盂兰盆舞曲——《伊势号子》，这是昨天才跟伯母学的：

　　…………
　　衣柜、长橱、旅行箱，
　　陪侍闺女做嫁妆，
　　但愿此物莫回头，
　　伴郎度过好时光。
　　我劝亲娘别勉强，
　　世道常应放眼量。
　　东边刮风西边雨，
　　大船遇险要返航。
　　…………

"哎呀，我嫁到岛上来三年都没学会，初江你一下子就会唱啦！"

夫人说。

"不过，这首歌和老崎那地方的歌很相像。"

初江说。

这时，黑糊糊的门外响起了脚步声。

"晚上好！"

黑暗里传来一声招呼，夫人从厨房门口探出头去。

"是新治君吗？……又送鱼来了，太感谢啦！孩子她爸，久保君送鱼来啦！"

"老是麻烦你，谢谢啦！"灯塔长没有离开地炉，他招呼着，"快进来，新治君。"

双方你一句我一句，新治和初江趁势互相对望了一下。新治笑了，初江也笑了。夫人猛地回过头，看到他们在笑。

"怎么，你们认识？可不，村子太小啦。那更好，新治君，快请进！……哎，还有啊，东京的千代子来信了，特地问候你新治呢。千代子想必是喜欢上新治君啦。这不，春假就要回来了，到时你可来玩啊！"

一席话使得本来打算进屋来的新治甚为扫兴，初江面向着水槽再也不回头。青年又退回到暗夜里，不管怎么请都不肯进屋，只是远远施了礼转头回去了。

"新治君好像很不好意思哩，她爸。"

夫人一直笑着说。这笑声独自在家中回荡着,灯塔长和初江都没有理睬她。

新治在女儿坡的拐角处等着初江。

来到斜坡拐弯的地方,灯塔周围的夕暮变成了日落后的残曛。尽管松荫里一片漆黑,眼前的海水依然保留着最后的余晖。今日一整天,初来的东风吹拂着小岛,到了傍晚,这风不感到刺骨了。拐过女人坡,风也煞了,只见薄暮沉静的光芒从云隙里不住流泻下来。

海里对面是围绕歌岛港的短短的地岬,一头断断续续,几块岩石劈开波浪高高耸峙。地岬周围特别明朗,一棵红松跨立于顶端,沐浴着残照,鲜明而秀丽地映入青年的视野。忽而,那树干又失去了光亮。抬头一看,天上的云彩变黑了,星星在东山的一边荧荧闪耀。

新治将耳朵贴近岩石一角,听到灯塔长门前石板道上响起细碎的脚步声,而且越来越近了。他出于一种恶作剧心理,想躲起来吓唬一下初江。然而那可爱的脚步声一旦走近,他又不忍心惊吓这位姑娘了。为了告诉她自己在这里,反而模仿初江唱的那首《伊势号子》,吹起口哨来了:

　　…………
　　东边刮风西边雨,
　　大船遇险要返航。

……………

　　初江拐过女儿坡下来,她并没有注意新治会在这里,所以还是以同样的步子向山下走去。新治追着她吆喝:

　　"喂——喂——"

　　少女依然没有回头,青年只得默默跟在她的后面走着。

　　道路笼罩在松林里,幽暗而又险峻,少女用小小的手电筒照着前方,她走得很慢,新治不知何时赶到她的前头去了。随着一声轻轻的喊叫,手电的光亮像小鸟一样忽地飞翔到树梢上了,青年机敏地转过身子,接着一把抱起跌倒的少女。

　　虽说是周围发生的事实迫使他这样行动,但先前的躲藏、吹口哨和追踪等,总觉得自己的表现有些太不像话了。所以,青年把初江扶起来,并没有重温昨天那样的爱抚,而是像大哥哥一般,亲切地为少女拂去衣服上的泥土。沙地的泥土半干半湿,很容易掸掉。所幸没有摔伤。其间,少女像小孩子一般,一直将手按在青年结实的肩膀上。

　　初江寻找手里掉落的手电筒,两人的背后,手电正张开淡淡的扇形的光亮躺在地上。手电光中铺满了松叶,海岛的夕暮深深包裹着这一点光明。

　　"在这儿,跌倒的时候,准是从后头照着我呢。"

　　少女爽朗地笑道。

　　"你一直在生谁的气呀?"

　　新治认真地问。

"还不是千代子。"

"傻瓜。"

"你们没什么吗?"

"根本没什么。"

两人肩并肩走着,新治拿着手电筒像个领航员一一指点着路径,因为没有别的话题,平素沉默寡言的新治,这时候却滔滔不绝大讲起来。

"我呀,有朝一日用干活攒的钱买一只机帆船,和弟弟两人贩卖纪州的木材和九州的煤炭,挣钱让母亲过上好日子。等我老了,也要回岛上来享清福。我不论航行到哪里,都不会忘记这个小岛,我决心通过自己的努力,使岛上的景色成为日本最美的(岛上的人都这么说)海岛;使岛上的生活比哪里都平静,比哪里都幸福。不然,谁还会记挂着这个小岛呢?不管什么时代,凡是恶劣的习惯,在到达这个岛之前都会自然消失。大海呀,它只给这个岛送来有益的东西,保护小岛留住一切美好和善良的东西。在这个没有一个小偷的岛上,我要永远忠诚、认真地干活,做一个表里如一、充满爱心和勇气的大无畏的男子汉!"

当然,这些话说得不是那么井井有条,显得有点颠三倒四,可是这位青年少有的健谈,倒是给少女大体上说明了些事情。初江没有回应,她只是一个劲儿点头,决没有不耐烦的神色,看样子打心眼儿里充满了共鸣和信赖。这使新治很高兴。

一番推心置腹的交谈，使得青年不再有那些不认真的想法了，所以他特地省去了向海神祈祷的最后那句重要的话。没有任何可以妨碍他们的了，道路虽然深深掩蔽在树林里，但这回新治连初江的手都没有握一下，更没有想到接吻的事了。昨天晚上在海滩上的事，仿佛不是出于他们的意愿，而是在外界的动力驱使下偶然发生的。怎么会有那样的事情呢？他们感到很奇怪。他们最后只是相约，等下次休渔假日的下午在观哨所见面。

经过八代神社后面的时候，初江首先惊叹地叫了一声站住了，接着新治也站住了。

村子里一齐燃亮了灯火，简直就像开始过节一般辉煌灿烂。所有的窗户都大放光明，不再像是煤油灯的灯光了。村庄仿佛从暗夜里醒来，浮出水面了。原来因故障很久没有使用的发电机修好了。

进入村子之前，两人分别了。初江独自沿着很久没有路灯照明的石阶下山了。

第 七 章

新治的弟弟阿宏修学旅行的日子到来了，旅程五宿六日，周游京都和大阪一带地方。至今未出海岛的少年们，可以放眼看看外面广阔的世界。过去到内地修学旅行，小学生们第一次看到旧式的公共马车，都瞪着大眼睛惊叫：

"嗬，一只大狗拉着一个大厕所！"

海岛上的孩子看不到实物，而是通过教科书上的图画和说明获得了一些概念。电车、大楼、电影院和地下铁等，单凭想象中的自我创造，那是多么困难啊！他们一旦接触实物，就感到十分新鲜，一番惊讶之余，深深觉得概念实在没什么用处。海岛漫长的生涯里，从未想过如今都市的道路会有喧嚣的电车来来往往。

一到修学旅行，八代神社就大卖护身符。做母亲的都认为孩子去自己从未见过的大城市，简直就是一次豁出性命的大冒险，在她们看来，死亡和危险时时躲藏在日常生活里，隐蔽在身旁的大海之中。

阿宏的母亲咬咬牙拿出两个鸡蛋，放了好多盐，做成荷包蛋便当。又在书包底层藏了牛奶糖和水果，故意不让儿子轻易摸到。

这天，联络船神风丸午后一点破例由歌岛出发了。这只不足二十吨的小汽艇，船长是个结实而老练的汉子，本来对这次例外的安排很不情愿，但是自己的孩子参加修学旅行时，船过早抵达鸟羽后，为了等适当的火车，白白浪费不少时间和金钱，所以从这年开始，也就勉强答应了学校的建议。

神风丸的船室和甲板挤满了胸前交叉挂着水壶和书包的学生们。领队的老师对码头上的一群母亲有些打憷，在歌岛，母亲们的意志可以左右老师的地位。有个教师被母亲打上共产党的烙印，被赶出了海岛。而一位受人欢迎的教师，即便和一个女教师有了私生子，竟然升为代理教导主任。

这是一个春光明媚的正午，轮船开动了，母亲们各自呼唤着自己孩子的名字。将帽带子系在下巴上的学生们，估计轮船已经走远，岸上的人分不清自己的面孔了吧，于是冲着海港高喊："傻瓜！""喂，混蛋！""去你的吧！"满载着黑色制服的轮船，眼看着将徽章和金扣子的闪光带向了远方。阿宏的母亲坐在白日里也是漆黑一片的自家榻榻米上，一想到两个儿子将要舍弃自己到大海上去，就伤心地哭泣。

神风丸靠在珍珠港附近的鸟羽港岸边，让学生们下船之后，又恢复平时一副悠闲而粗鄙的风情，准备驶回歌岛。人们用小桶盛水清洗古旧的蒸汽烟囱,向船头内侧和吊在栈桥上的大鱼笼里倒水,到处光闪闪的,灰白的仓库上用漆书写的大"冰"字,正对着大海一方。

灯塔长的女儿千代子拎着手提包站在码头外侧。这个不爱交际的姑娘很少回岛上来,她讨厌和岛上的人们搭话儿。

千代子脸上没有施白粉,一身朴素的黄褐色的西服使得她更不会引人瞩目。然而她那五官青黑、粗糙但颇为明朗的脸庞,也许有人见了会引起心动。尽管这样,千代子总是表情阴沉,一味考虑自己为何生得不美。目前,这就是她在东京的大学接受"教养"的最显著的成果。不过,对于这种世上常有的长相,老是认定为不美,其实和认定为美人都是同样没有道理的。

千代子一副阴沉的情绪,不知不觉也给好心眼儿的父亲带来了压力。女儿认为,自己生得丑,都是父亲的遗传造成的,因而很伤心。因此,老实的灯塔长明明知道女儿就在隔壁,也还是对着客人抱怨一通:

"嗨,女儿长大了,为着自己生得丑而甚感苦恼,都怪我这个当爸爸的长得丑啊!我有责任,这也许就是命中注定吧!"

千代子的肩膀被人拍了一下,她回头一看,身穿闪亮皮上衣的川本安夫笑着站在她身后。

"欢迎你回来,放春假了吧?"

"嗯,昨天才考完试。"

"是回来吃妈妈奶的吧?"

安夫受父亲之命为办理合作社事宜,前日来到位于津市的县厅,住在鸟羽亲戚经营的旅馆里,正打算乘船回歌岛。他最得意的就是,向东京的女大学生显示自己能说标准语。

千代子从这位从小熟悉的同龄少年身上,看到一个男人快活的心理,他肯定认为"这个女子对自己有意思"了吧?有了这种感觉,她越发气馁起来。又来这一手!她想。在东京受到看过的电影和小说的影响,她很想看看一个男子对自己说声"我爱你"时的那副眼神。然而她断定,自己恐怕一生都遇不到这种事儿。

神风丸那边传来声嘶力竭的呼喊:

"喂——,被褥还没有搬过来呀,看!"

不一会儿,看到一个汉子扛着一只印有蔓草花纹的巨大包裹,从岸上走来,那包裹有一半罩在仓库的阴影里。

"快到开船的时间啦。"

安夫说。从岸上跳上轮船的时候,他握住了千代子的手。千代子觉得他那铁一般的手掌,和东京男人们的手掌不同。她从这只手掌上想象着从未握过的新治的手掌。

从小天窗式的入口向里头窥探,看到一些人躺在薄暗的船室铺席上的身影。有的脖子上围着白毛巾,只有那眼镜上倏忽一闪的反射,映在习惯于室外光线的眼睛里,显得更加黯淡。

"还是待在甲板上为好。即便冷一些,也没有关系。"

安夫和千代子为了避风,靠着船桥里侧一卷缆绳刚刚坐下来。那位愣头愣脑的年轻的船长助理喊道:

"喂,稍微抬抬屁股!"

说着,就从两人身底下抽出了木板。他们两人是坐在船室入口的盖板上的。

船长站在油漆斑驳、露出木纹的船桥上敲钟,神风丸出航了。

任凭古老的发动机震动着身子,他们两个眺望着远方的鸟羽港。安夫本想告诉千代子他昨夜偷偷嫖女人的事,可又作罢了。要是在一般的乡下或渔村,安夫结识女人本是可以吹嘘的资本,可是在清净的歌岛,他只好守口如瓶。安夫小小年纪,就摆出一副伪善者的架势。

千代子看见海鸥飞得高过了鸟羽站前的电缆车铁塔的瞬间里,心中就下了赌注。她暗暗盘算着,自己在东京没有碰到过任何冒险的事情,每次回到岛上来,总想做点什么,以便使世界为之一变。轮船一旦远远离开鸟羽,不管海鸥飞得多么低,要越过远方小小的铁塔,都是毫不费力的。然而,铁塔依旧高高耸峙,千代子将眼睛贴近系着红色表带的手表的秒针,她想:"在半分钟内,只要海鸥飞越铁塔,就会有好事儿等着我。"——五秒钟过去了,一只追着船尾飞来的海鸥,突然旋上高空,扇动着羽翼越过了铁塔。

在对方尚未对自己的微笑表示不解时,千代子抢先开了口:

"岛上有什么变化吗?"

轮船向前行驶,右边可以看到坂手岛。安夫将几乎烧到嘴唇的短短的烟蒂,在甲板上按灭,回答说:

"没什么变化。……对了,十天前发电机出了点儿故障,全村都点起了油灯。现在早修好了。"

"我妈妈的信上也这么说来着。"

"是吗?其他的新闻……"

他望着春光旖旎的大海,水面的反射使他眯细了眼睛。海上保安厅纯白色的鸭鸟丸,经过十米以外的海面,驶向鸟羽港。

"对啦,宫田家的照爷爷把女儿召回来了,她叫初江,是个标致的美人儿。"

"是吗?"

听到"美人"这个词儿,千代子脸色立即阴沉了,这话似乎是对自己的谴责。

"照爷对我很满意,我是老二,村里人都说我做初江的养老女婿最合适。"

不久,神风丸右首出现菅岛,左侧看到了巨大的答志岛的景观。出了两岛包围的海域,不管多么宁静的日子,汹涌的波涛也会将海船冲击得嘎吱嘎吱响。打这一带起，鱼鹰时时在波间游泳。大洋中出现了岩石耸峙的浅滩。安夫看到浅滩就皱起眉头，将视线从歌岛这块唯一的引起屈辱回想的海域转移开去。自古夺来夺去、青年们流血得来的浅滩渔业权，如今全归答志岛了。

　　千代子和安夫站起身子，越过低低的船桥，静待显现于洋面上的岛影。歌岛总是从水平线上露出模糊的、像神秘的头盔般的形状来。船向波涛倾斜，那头盔也随之倾斜。

第 八 章

休渔的日子迟迟不来。阿宏去修学旅行的第二天,暴风雨袭击海岛,才不得不停止出海。岛上几棵刚刚绽放蓓蕾的樱花,这下子几乎全被打落了。

前一天,不合季节的湿风卷着船帆,奇异的晚霞遮蔽了天空。浪涛奔涌,海滩传来轰鸣声。海蛆、球潮虫一个劲儿向高处爬行。夜里,强风挟雨而来,海天响起一派悲鸣和笛子般的尖叫。

新治在被窝里听到了这种响声。单凭这种声音,他就知道今日要休渔。这样的天气,既不能修渔具,又不能绹渔网,青年会也无法举行捕鼠活动。

细心的儿子不忍将一旁打着呼噜的母亲叫醒,他一直躺在被窝里,等待窗户泛出白色。房子剧烈摇晃着,窗户鸣叫不止。不知哪里的白铁板哗啦地倒下来了。歌岛的房屋,不论大户人家还是像新治家这样的小平房,都是一样的格局:一进门左边是厕所,右边是厨房。暴风雨狂躁之中,静静飘荡的是于拂晓的薄暗里统摄着全家的唯一的气味儿——那经过熏蒸的、冷寂的、促人冥想的厕所的气味儿。

面对邻家储藏室的这扇窗户迟迟才开始泛白。他仰望着飘到檐端的豪雨，顺着窗玻璃向下流淌，刚才还在憎恨这个夺去他劳动的喜悦和收入这两项的休渔日，眼下又被看成是美好的佳节了。这不是蓝天、国旗和金珠子装点的节日，而是暴风、怒涛以及刮得树梢左右披拂的狂风的呼号打扮的节日。

青年等不下去了，他跳出了被窝，套上一件千疮百孔的黑色圆领毛衣，穿上裤子。老半天才醒的母亲，看到窗前站着一个人的模糊的黑影，喊道：

"呀，是谁？"

"是我。"

"好怕人哩。今天这种天气还能出海吗？"

"是休渔日。"

"要是休渔，就再多睡会儿，不好吗？瞧你，我还以为是个陌生人呢。"

醒来的母亲最初的印象应验了，儿子事实上就像一个陌生的男人。平时不爱言语的新治，大声地唱起歌来，接着又攀住门框学做机械体操。

母亲怕弄坏了房子，她闹不清儿子的心思，一个劲儿嘀咕：

"外头是暴风雨，家里也是暴风雨。"

新治频频起来观看被煤烟熏黑的房柱上的时钟,他那不曾犯过疑惑的心灵,丝毫没有怀疑女子会不会冒着暴风雨前去赴约。由于青年的心里缺乏想象,不安也罢,喜悦也罢,他不懂如何凭借想象的力量,将这些扩大而使之繁杂起来,以此消遣忧郁的余暇。

实在等不下去了,他便披上胶皮雨衣,去同大海会面。因为他觉得,只有大海可以和自己进行无言的对话。激浪高高涌上防波堤,发出可怖的轰响,溃散了。据昨夜暴风雨特别警报,所有的船只一律被拖到比平时高得多的海岸上,水线出乎意料地逼近过来,港湾内巨浪消退时,水面急剧倾斜,几乎露了底。飞沫混着雨水,直洒到新治的脸上。海水带着鲜烈的咸腥味,顺着火热的面部和鼻梁流淌,这使他回忆起初江嘴唇的香味儿。

云彩迅速地涌动着,阴郁的天空忽明忽暗,瞬息万变,深层里似乎预示着晴天,含着不透明光线的云朵时时出现。但是,转眼之间就消泯了。新治由于只顾注意天空,波浪涌上来,打湿了他的木屐带子。他的脚边沉落着一颗美丽的桃红的小贝壳,似乎是刚才的海浪推上岸来的。他拾起来一看,形状完整,纤细而薄亮的边缘没有损毁的痕迹。青年打算当做礼物,把它装进了口袋。

吃罢午饭,他马上做好了出门的准备。母亲一边洗碗,一边盯着儿子即将走向暴风雨的身姿。她没敢问他去哪里，儿子的背影里有一股力量，使她不敢开口。她很后悔没有生下一个女儿，一直留在家中帮忙做家务。

男人出海打鱼，乘着机帆船到各个港口运货，妇女们和这个广阔的世界无缘，她们只是做饭、汲水、采海藻，夏季到来时，潜水到深深的海底去。海女中颇为老练的母亲，知道海底薄明的世界才是女人家的世界。白日里也是一片昏黑的家中，分娩时悒郁而痛苦的内心，黯淡的海底，这些都是一系列相互关联的亲切的世界。

母亲想起一位和自己一样的寡妇，一个拖着吃奶婴儿的体弱的女子，到海底下采鲍鱼，上来后烤火时，突然中风昏倒了。女人翻着白眼，紧咬着苍白的嘴唇倒在地上。天黑以后，尸首在森林里焚烧的时候，海女们悲伤得不能站立，个个跪在地上痛哭。

一种奇怪的谣言传开了，有的女人不敢潜水了。说死去的女子在海底看到不该看的可怕的东西，遭到了报应。

新治的母亲对这谣言一笑置之，越发钻入深海，捕捞的鱼比谁都多。她决不会为着一桩从未经历的事而自寻烦恼。

……想起这件往事也不会太惹母亲伤心，她有着天生的开朗的性格，一副值得夸耀的好身子骨，和儿子一样，外头的狂风暴雨更能激发她快活的心情。她洗好碗碟，就着咯吱作响的窗户的微光，撩开衣裾，仔细打量着自己伸展的双腿。两条被太阳晒黑的结实的大腿,不见一丝皱纹,丰满的肌肉高高隆起,放射着琥珀色的光泽。

"凭这副身子,还能生三五个孩子啊。"

这么一想,贞洁的心灵倏忽变得可怕起来,她立即整整衣服,对着丈夫的灵位拜了又拜。

青年在前往灯塔的山坡道路上,雨水汇成一股股细流,冲刷着他的双脚。松林的树梢在低吼。穿着长筒胶靴走起来很困难,没有打伞,他觉得雨水顺着平头流进了脖颈。然而,青年面对风雨,只顾向上攀登。他不是为了抗拒风雨,他只是感到自己宁静的幸福和宁静的自然确确实实关联到一处了。眼下,于这种自然的狂躁之中,他心里正感觉着一种莫名其妙的亲切之情。

站在松林里俯瞰大海,白浪滔滔,滚滚前进。地岬尖端高耸的岩石也时时被波涛淹没。

拐过女儿坡,看到窗户紧闭、帷幕下垂、在暴风雨里缩头缩脑的灯塔长官舍的平房。登上面对灯塔的石阶。闭锁的值班室里今天不见灯塔员的身影,经暴雨打湿的玻璃窗响个不停,屋里面对紧闭的窗户,呆然站立着一副望远镜,桌上摊着被窗缝进来的风吹得纷乱的文件,还有烟斗、海上保安厅的制帽、华美的印着新造船舶的轮船公司的挂历、柱子上的时钟,以及胡乱挂在木柱钉子上的两个大三角规……

青年到达观哨所时，连内衣都湿透了。在这座寂静的哨所里，暴风雨格外猛烈。这地方接近海岛制高点，周围一无遮挡，暴风雨来到这里，飞扬跋扈，为所欲为。

三面敞着窗户的废墟，一点儿也不防风，反而将风雨引进室内，任其狂吹乱舞。从二楼的窗户里远眺太平洋宏大的景观，雨云充满了整个视野，满眼是翻滚的白浪，四周涌动着晦暗的云层，迷离惝恍，使人联想到一种浩瀚无边的景象。

新治走下外侧的台阶，瞅了瞅以前来取走母亲拾的木柴的一楼，发现这里是防御风雨的最佳场所。原来作为储藏室的这段楼梯，两三面极小的窗户，只有一扇的玻璃打碎了。以前堆放的一捆捆松叶，看痕迹都分别被拿走了，角落里只剩下了四五捆。

"真像座牢房！"新治嗅着一股霉味儿，心想。一旦躲开风雨，他立即感到透湿的寒冷，打了一个大喷嚏。

他脱掉雨衣，到裤兜里摸索火柴。长期以来严谨的船上生活，使他养成了出外随时携带火柴的习惯。手指接触火柴之前，先摸到早晨在海滩拾到的贝壳。他掏出来，拿到窗户的亮光里瞧着。桃红色的贝壳潮润润的，闪闪放光。青年十分满意，他又重新装进口袋。

湿漉漉的火柴很难擦着。他从解开的一捆柴火里，拿出松树的枯叶和枯枝，堆在水泥地上，阴郁的火苗终于燃起明亮的小小火焰，在这之前，屋子里充满了黑烟。

青年在火堆旁抱膝而坐。剩下的，只是等待。

——他等着。没有一丝不安，为了消磨时间，他把指头伸进自己那件千疮百孔的黑毛衣的破洞里，张开了手指。青年朦胧地感觉着徐徐变暖的身体以及户外暴风雨的响声，沉浸在无可置疑的忠实本身所带来的幸福感之中。没有天生的想象力使他烦恼，而且，等着等着，他的头靠在膝盖上睡着了。

……新治醒过来，眼前的火焰一直没有熄灭。火焰对面伫立着一个生疏的模糊的形象。新治想，该不是做梦吧？那里站着一位半裸的少女，正在烘烤白色的内衣。她两手低低地捧着衣服，上半身完全裸露着。

当他弄清楚这确实不是梦之后，泛起一个狡黠的念头。新治依然假装睡着，眼睛半睁半合。他身子一动不动地看着，初江的身子美艳无比。

海女的习惯，是用篝火烘干濡湿的全身，她似乎对此毫不踌躇。她来到约会的地点，看到了篝火。男子睡着了，因而她泛起了孩子般天真的想法，趁他睡觉的当儿，赶快烘干打湿的衣服和潮润的身子。就是说，初江没有意识到是在男人面前脱光身子，而是偶尔在这里遇到一堆火，她只是面对篝火而光裸着罢了。

新治要是一个经历过许多女人的男子,他在风雨包围的篝火旁,看到初江面对火焰站立的裸体,一眼就能看出这是一个实实在在的处女的身子。她的肌肤谈不上白皙,不断经过海潮的洗涤,滑润而又结实。一对颇为硬挺的小小乳房,似乎有些腼腆地彼此背过脸去,在历经长期潜水磨练的宽阔的胸脯上,隆起一双玫瑰红的蓓蕾。新治害怕被她识破,只是略微抬了一下眼,所以少女的身姿只保有一个模糊的轮廓,透过几乎舔着天花板的火舌,惝恍迷离,时隐时现。

然而,青年突然眨了一下眼睛,这时,经火焰夸大的睫毛的影子,在面颊上倏忽一闪。少女连忙将半干的白色内衣捂住前胸,大声喊道:

"不许睁开眼睛!"

忠实的青年硬是闭上了眼睛。他想,自己继续装睡着,确实不应该,但醒过来也并非因为谁的缘故,他从这种光明正大的理由中获得了勇气,再一次眨巴一下那美丽的双眼。

少女这回没了主意,她还是不想穿上内衣。她再次用尖锐而响亮的嗓音叫道:

"不许睁开眼睛!"

可是,青年再也不愿闭上眼睛了。打一生下来,他就看惯了渔村女子的裸体,但见到所爱的人儿的裸体还是第一次。他不能承认裸体就是妨碍初江和自己交往的理由,而使平常的问候和亲密的接触变得困难起来。凭着少年一般的率直，他站起身子。

青年和少女隔着火焰互相对视。青年向右挪挪身体，少女也稍稍向右避开些。于是，篝火始终夹在两个人之间。

"为什么要躲？"

"人家好害羞嘛。"

青年并没有因此叫她穿上衣服。他想多看一会儿她的身姿。他不知还该说些什么，提出了一个小孩子般的问题。

"怎么才能不害羞呢？"

于是，少女的回答也真够天真的，使人出乎意料。

"你也脱光，我就不害羞了。"

新治十分困窘，他略一迟疑，二话没说，随之脱掉了圆领毛衣。他在脱衣服的时候，担心少女会趁机逃掉，所以脱了一半的毛衣打脸前通过的一瞬间，青年也不肯放松警惕。他很快脱光衣服，当青年身上只剩下一条三角裤时，一个比平时衣着整齐时更加俊美的裸体挺然而立。然而，当新治怀着一颗炽热的心面对初江时，羞愧又回归他的身上。那是在他们有了下面的问答之后的事。

"你不害羞了吧？"

"哪里呀。"

"为什么？"

"你还没全脱呢。"

青年被火焰照耀的身体因羞愧而变得通红,话卡在喉咙里出不来。他更加紧逼过来,指尖儿几乎伸进火焰里。新治望着火影摇曳中的少女的雪肤,好不容易地说道:

"你脱,我也脱。"

此刻,初江不由微笑起来。这种微笑究竟意味着什么,新治没有在意,初江自己也没有多想。少女将遮盖着前胸到下半身的白色内衣脱掉,猛地扔到背后,青年见了,俨然似一尊勇武的雕像屹立着。他一边凝神注视着少女火焰里闪亮的眼睛,一边解开内裤的松紧带。

这时,急风暴雨在窗外呼啸。刚才,同样猛烈的风雨围绕着废墟肆虐,转瞬之间,风暴已经迫近眼前,可以想象,高窗下边就是狂躁不息、怒涛澎湃的太平洋。

少女后退了两三步。没有出口。少女的脊背触到了煤烟熏黑的水泥墙。

"初江!"

青年大叫。

"从火上跳过来,快从火上跳过来呀!"

少女频频娇喘,震颤着清亮的嗓音吩咐道。赤裸的青年没有犹豫,身体映着火焰纵身一跃,径直越过了火堆。一刹那,他的身体就逼近少女的眼前。他的前胸轻轻触及她的乳房。青年好一阵激动。"没错,就是这样硬挺。和以前我想象的红毛衣下边一样,就像这般富有弹力。"他俩抱在了一起。少女首先酥软地倒在地上。

"松叶扎得好疼。"

少女说。青年顺手拿过来白色内衣要给少女垫在背后,她拒绝了。初江的两手已经不再紧抱青年了。她缩起膝盖,双手将内衣揉作一团儿,宛如小孩子在草丛里捕到一只小虫一般,顽强地保护着身子。

于是,初江说了一句富有道德性的话:

"不要,我不要。……出嫁前的姑娘不能这样的呀。"

松弛下来的青年无力地说:

"不管怎样都不行吗?"

"不行。"——少女闭着眼睛,她带着一副既是训诫又是劝慰的语调,毫不含糊地对他说,"现在不行。我已经决心做你的新娘子啦。可出嫁之前,无论如何都不可以这样。"

新治的内心有一种对于道德性事件的盲目的虔敬。这首先因为他还不熟悉女人,此时,他感到自己触犯了女人存在的道德的核心。他不再强求。

青年抱住少女的身体,两人都听到了彼此裸体的心跳。长时间的接吻,使得未获满足的青年痛苦不堪,可转瞬间,这痛苦又转化为一种莫名的幸福。渐渐变小的篝火时时闪动一下,两人听着火花的爆裂以及高窗下风雨的呼啸,其中还夹杂着彼此的心跳。于是,新治感受到,这种永无止境的陶醉的心情,连同户外怒涛的轰鸣,还有掠过树梢的狂风的呼号,在自然界同样昂扬的气势中激荡、翻腾。此种感情之中有着永无休止的净福。

青年脱离开身子,接着用男性的沉静的口吻说道:

"今天在海滩上拾到一只美丽的贝壳,我带来了,想送给你。"

"太好啦,给我看看。"

新治回到自己脱去的衣服旁边,在他穿衣服的时候,少女也开始慢慢穿上内衣,打扮一番。她的衣着很自然。

青年捧着贝壳,走到衣着整齐的少女身边。

"瞧,多漂亮!"

少女让火焰映着贝壳的表面,觉得很好玩。然后,插在自己的头发上。她问:

"像红珊瑚,能不能做簪子用呢?"

新治坐在地上,身子依偎着少女的肩膀。因为都穿上了衣服,两个人尽情地吻着。

……回来的路上,风雨没有减弱。为了避开灯塔里的人,他们以前走到灯塔前就分手了,可是眼下新治很难再遵守这个习惯。为了送初江,他选择了灯塔后面稍微好走些的路径。两人紧紧依偎着,离开灯塔,沿着狂风劲吹的石阶向下走。

千代子回到父母身边,打第二天起就闲得无聊。新治也没有来看她。召开了例行的行为礼仪会,岛上的姑娘们都来了,她知道,其中的一位新面孔就是安夫提到的初江。于是,千代子想,岛上的人既然说她漂亮,也就认为初江一副乡间姑娘的脸庞确实好看。这正是千代子不可思议的优点。多少有些自信的女人,总是喜欢喋喋不休地揭别的女人的短处,而千代子不同,她甚至比男人更直率地承认除自己以外的别的女人的各种长处。

千代子百无聊赖,她开始学习英国文学史。她对维多利亚王朝的闺秀诗人们的名字和作品一概不知。例如柯里斯蒂·乔治娜、阿德勒特·安·普罗库塔、兹因·因兹罗、奥加斯塔·维布斯塔、阿莉丝·梅尼尔夫人等人的名字,她像读经一般逐字逐句地背诵。千代子善于死记硬背,她记笔记很认真,就连老师打个喷嚏她也写上去。

身边的母亲拼命想从女儿身上学习一点儿新的知识。上大学本来是千代子自己的志愿,母亲的热心支持,改变了父亲犹疑的态度。从一座灯塔到另一座灯塔,由一个孤岛到另一个孤岛,这种生活所激起的对知识的渴望,一直使她在女儿的生活中描画着美丽的梦境,因此,姑娘内心里的这点小小的不幸,根本不放在这位母亲的眼里。

暴风雨的日子,风从前一夜就狂吹不息,母女二人彻夜陪伴在责任重大的灯塔长身边。今早她们睡了个懒觉。难得一次早饭和午饭一道吃。将一切拾掇好之后,一家三口封闭在暴风雨里，安安静静过日子。

千代子一心想着东京。即使在这样的暴风雨的日子里，汽车照旧来往疾驰，电梯依然上下不停，电车还是拥挤不堪，她眷恋着这样的东京。在那里，"自然"一应被征服了，剩余的自然的威力就是敌人。然而，在这个海岛上，人们视自然为友人，一味偏袒自然。

千代子用功疲倦了，她把面孔抵在玻璃窗上，观望将自己圈在室内的风和雨。暴风雨很是单调。波涛的轰鸣宛若醉汉唠叨不休，惹人生厌。不知为何，千代子想起一位同学被她所爱的男友强奸的传言。这位同学喜欢恋人的亲切和优雅，并且为他吹嘘。可是就在那一夜情之后，她却爱上了这位男子的暴力和私欲。不过，她对谁都守口如瓶。

……这时候，千代子看到新治陪伴着初江，正从风雨交加的石阶上走下来。

千代子自认自己长得丑，她也相信这张丑脸的效能。这张脸孔一旦固化下来，较之美丽的面庞更能巧妙地伪装感情。所谓相信丑陋之物，就是这位处女所相信的石膏雕像。

她从窗边回过头来，母亲正在地炉一旁做针线，父亲默默抽着"新生"牌纸烟。户外有风雨，户内有家庭。谁也没有觉察千代子的不幸。

千代子又坐到桌边打开英语课本。她不懂词意，只见一连串的铅字，其中高高低低，犹如飞旋的鸟的幻影，晃得她眼睛发疼。那是海鸥。千代子想起回海岛时，她对飞越鸟羽铁塔的海鸥下过赌注。那小小的一卦，说不定就意味着这件事情。

第 九 章

阿宏在旅行中寄来了快件。要是寄平信，也许不比本人回岛更快。他在印有京都清水寺的明信片上，盖上"参观纪念"的大型紫色印章，作为快信发出。母亲未读信之前，生气地说道，寄快信多费钱，如今的孩子都不知道挣钱的艰难。

阿宏的信上对于名胜古迹只字未提，写的净是第一次去看电影的事。

在京都的第一个晚上，允许大家自由行动，我立即和阿宗、阿胜三人一起去附近电影院看电影。太棒了，就像宫殿。但座椅又窄又硬，坐上去就像骑木马，硌得屁股生疼，简直受不了。过一会儿，后头的人就喊，坐下，坐下！不是明明坐着吗？到底怎么啦？后面的人就告诉我们，这是折叠椅，放下来才是椅子。三人出了丑，搔了搔脑袋。坐下来一看，软软的，就像天皇陛下的宝座。我想，要是妈妈也能坐上一次这种椅子该多好。

母亲叫新治念信，念到最后一句时，她忍不住哭了。然后，母亲把明信片供在神坛上，强使新治和她一同祈求祖先保佑前日暴风中旅行的阿宏，祝愿他平安无事，后天顺利回到海岛上来。过了一阵子，母亲像想起了什么，埋怨做哥哥的，读的书全不顶用，不如弟弟头脑灵光。母亲所说的"头脑灵光"，指的就是能使她高兴得流泪。她赶紧把信拿给阿宗、阿胜家里人看，然后和新治一起到澡堂洗澡。顶着热气，她见到邮局局长的夫人，便光着双腿跪坐在地上行礼，感谢邮局将快件及时送到家里来。

新治及早洗完澡，站在澡堂门口，等着母亲从女浴池走出来。澡堂屋檐下彩色的木雕斑驳陆离，热气萦绕着檐端。夜很和暖，海面一片宁静。

新治看到五六米之外有个男子背对着这边站着，正在抬头注视檐端。他双手插进裤兜，木屐有节奏地敲击着石板地面。他于晦暗中盯着那穿着茶色皮衣的脊背。这个岛上，没有人穿这样高级的皮衣。他无疑是安夫。

新治正想打招呼时，他碰巧回过头来，新治对他笑笑。然而，安夫毫无表情地凝神望望这边，随即转过身子走了。

新治没有特别在意这位朋友令人不快的举动，但心里觉得很是蹊跷。这时，母亲出来了，青年像平时一样，默默地同母亲一道回家去了。

昨日是暴风雨过后响晴的一天，安夫捕鱼归来后，千代子去看望他。千代子对他说，她和母亲一块儿到村中买东西，顺便路过这里。母亲到附近合作社主任家去了，于是自己一个人就到安夫这里来了。

安夫从千代子嘴里听到的事情，搅得这个轻薄的年轻人心里烦乱不堪。他考虑了整整一夜。第二天晚上，新治认出他的姿影时，安夫正在贯穿村中一条坡道旁的一座屋檐下，盯着贴在那里的值班表看。

歌岛缺淡水，过年时尤其干得厉害。因此，为了水时常争吵不休。沿着村中央一段石子小路流淌下来的细细河水，是村子里唯一的水源。梅雨时节或暴雨过后，小河形成一股湍急的浊流，女人们来到河边洗衣服，一边喧闹不止。孩子们能在这里为自制的木头军舰举行下水典礼。干旱季节则涓滴不存，连冲走一芥灰尘的水流也失去了。水源只有泉水，抑或是海岛顶部的雨水经过滤汇集而成的泉。此外，岛上没别的水源。

因此，不知打何时起，村公所制订了汲水值班表，每周轮流当班。汲水是女人们的工作。只有灯塔将雨水过滤储存在水槽里。村里分配单靠泉水生活的家庭值班汲水，有的人家不得不忍受深夜当班的不便。但是，深夜当班轮流几周之后，也就逐渐移向早晨便利的时间了。

安夫抬头仰望的，正是那张贴在行人最多地点的值班表。深夜两点钟一栏里，正好写着"宫田"两个字。是初江当班。

安夫咂了下舌头。要是捕章鱼的季节就好了，早晨可以晚一些出海。然而眼下是乌贼的汛期，天亮前必须到达伊良湖渔场。家家三点半就得起床做饭，性急的人家三点之前就升起了炊烟。

尽管这样，初江的班不是下面的三点，还算好。安夫对着自己发誓，明日出海前一定把初江搞到手。

他一边仰头瞧着值班表，一边暗暗下定决心。就在这时，他一眼看见了站在男澡堂门口的新治。他仇恨满怀，将日常的自尊也忘得一干二净。安夫急匆匆赶回家中，收音机里的广播震动着整个屋子。他向厨房瞥了一眼，只见父亲和哥哥一边听着《浪花小调》，一边晚酌。他回到楼上自己的房间，一个劲儿抽起烟来。

按照安夫的常识，他是这样想的：占有了初江的新治，肯定不是个童男子。尽管他在青年会上，老老实实抱着膝盖，笑嘻嘻听别人发言，一副孩子般天真的表情，但他无疑是个玩女人的老手。这个狡猾的小狐狸！而且，新治那张面孔，在安夫看来，无论怎样都不能说是表里如一的。其结果——这种想象多么叫人难以忍受——使他觉得，新治是堂堂正正的、凭借一种无比率直的态度占有了女人。

当晚，安夫没有入睡，他在被窝里掐着自己的大腿。不过，实在没有这个必要。因为他对新治的憎恨以及决心和抢先下手的新治比个高下的竞争心，足以弄得他彻夜难眠了。

安夫有一只常在人前炫耀的夜光表，这天夜里戴在了腕子上，悄悄穿好上衣和裤子，钻进了被窝。他时时将表贴在耳朵上，又不断地瞅瞅发散着荧光的表盘。安夫认为，单凭这只手表就有充分的资格得到女人。

深夜一点二十分，他走出家门。夜阑人静，涛声听起来很响。月光十分明朗。村子里寂悄无声。路灯，码头上一盏，中央坡道上两盏，山麓泉水边一盏。除了联络船，只有渔船。没有辉煌照耀海港之夜的桅灯。家家户户的灯光也全熄灭了。给乡村的夜带来浓重底色的，是那一排排又黑又厚的屋脊。但是，这座渔村的屋顶都是砖瓦和薄铁板，不像夜间茅草葺顶的房屋那般威严而凝重。

安夫脚穿运动鞋，悄无声息地在山坡路上迅速攀登。他穿过周围樱花初放的小学校园。这里是最近扩建的体育场，林荫路的树木是打山上移植过来的。有一棵小樱树被暴风吹倒了，横躺在沙地的一旁，月光照耀着黝黑的树干。

安夫沿着小河登上石阶，来到泉水淙淙流淌的地方。路灯的光芒描画着泉水的轮廓，一方石槽承接着从布满苔藓的岩石缝里流下来的清水。这清水越过柔滑的苔藓流溢出来，不像在流动，看上去宛若在苔藓上面，厚厚地涂抹一层透明而美丽的彩釉。

猫头鹰在泉水四周的林木深处鸣叫。

安夫躲在路灯后面。一只小鸟扑棱一声飞走了。他靠在榆树粗大的树干上，一边斜睨着夜光表，一边等待。

两点刚过，肩膀上挑着两只水桶的初江出现在小学校园里。月光清晰地映着她的身影。深夜里的活计对于一个女子来说，决不是轻松的，然而在歌岛，不论贫富，男男女女都有自己需要完成的一份工作。可是经受海女作业锻炼的身体健康的初江，向来不以为苦，她前后摇晃着两只空水桶登上了石阶。那身影看起来，仿佛半夜起来干活倒使她非常开心，像小孩子一样感到好奇和有趣。

安夫本想等初江到泉水边一放下水桶就一下子猛扑过去，这时他犯起了犹豫。他一时坚忍着，打算等初江灌满水桶再采取行动。他摆出随时出击的架势，左手攀住高处的树枝，身子一动不动。于是，他把自己想象成一尊石像，陶醉在快乐的幻梦之中。他想象着那位女子将泉水哗哗地灌进水桶的冻得微红的肥白的素腕，还有她那健美的水灵灵的细嫩的胴体。

安夫攀住树枝的手上戴的那只用来炫耀的夜光表，放射着荧光，秒针发出细密而清脆的响声。谁知，这声音惊醒了正在树枝上筑了一半的新巢里睡眠的一窝黄蜂，似乎大大搅起了它们的好奇心。一只黄蜂战战兢兢飞落到表盘上，一看，这只散着微光、发出有规律的奇怪鸣声的甲壳虫，原来身上镶着一块又滑又冷的玻璃板。看来，黄蜂失算了，于是将毒针移向安夫手腕上的肌肉，狠狠地蜇了一下。

他立即喊叫起来,初江猛然一惊,转过头看了看。初江决不会发出呼救的声音,她连忙将扁担上的绳索解掉,斜着攥在手里做准备。

安夫很不好意思地出现在初江面前,连自己也觉得愚蠢、笨拙。少女后退一两步,依然保持原来的姿势。这会儿,安夫想,还是用开玩笑糊弄过去为好,于是他傻笑着说:

"哎呀,吓一跳吧?以为遇上妖怪了吧?"

"什么呀,这不是安哥吗?"

"我躲在这儿,是想吓唬吓唬你。"

"什么?半夜三更,藏在这种地方……"

少女还不太清楚知道自己的魅力,仔细想想,自然会明白的。不过,她本人认为安夫躲在这里只是为了要吓唬吓唬她。她的这副心情被安夫钻了空子,猛然间,初江的扁担被安夫夺走,右手也被抓住了。安夫的皮上衣咻咻作响。

安夫好不容易又恢复了威严,他斜睨着初江的眼睛。他打算冠冕堂皇地说服这位女子就范,安夫不由模仿起想象中的新治那副堂堂正正的风度来了。

"听着,再不答应,我就不客气啦!你和新治的事,都传遍啦!听见了没有?"

初江涨红了面颊,她不住喘气。

"放手!我和新治,什么事?"

"装什么糊涂?你和新治眉来眼去,亲亲热热,还想把我撤掉!"

"别胡说,我们什么也没干。"

"我全都知道。暴风雨那天,你和新治到山上干什么去啦?……瞧,脸红了是不是?……哎,让我也来一次,不碍的,没关系。"

"不要!不要!"

初江挣扎着身子想逃跑,安夫极力不让她逃脱。他想,要是事前逃走了,初江肯定会向父亲告状。如果完事儿以后再放她走,那就对谁也不会说。安夫爱读都市廉价杂志上经常刊登的"被征服"女人的独白故事,最高的一招,就是叫她有苦说不出口。

安夫终于把初江摁在泉水一旁,一只水桶踢倒了,泉水润湿了覆盖着苔藓的地面。路灯照射在初江的面颜上,娇小的鼻翼翕动着,没有闭上的眼白部分,闪闪放光。头发一半浸在水里。她迅速撅起嘴唇,转瞬间安夫的下巴颏儿被啐了一口唾沫。这样一来,更使他欲情似火,安夫感到自己胸膛底下还有一个剧烈起伏的胸膛,他把脸压向初江的面颊。

这时,他大叫一声,弹跳起来。蜂子又刺进了他的脖颈。

愤怒之余,他盲目地朝蜂子一阵乱抓,趁着他蹦起身子的当儿,初江向石阶奔逃而去。

安夫非常狼狈,他忙于追杀黄蜂,同时又如愿地再次把初江降服了。这瞬间的工夫,他究竟干了些什么,连他自己也理不清头绪。不管怎样，总算抓到了初江。安夫再次将那丰腴的女体推倒在苔藓地上，这时，不甘示弱的黄蜂落在他的屁股上，隔着裤子深深刺进屁股的肌肉。

安夫跳起来，这回已逃脱一次的初江向泉水后面奔去。她钻进树林，躲在羊齿叶下边。她边跑边寻找大石头。她一只手举着石头，好久才平息了气喘。这时，初江向泉水旁眺望。

老实说，初江一直闹不清楚拯救自己的究竟是何方神圣。然而，当她惊讶地盯着泉水旁手舞足蹈的安夫时，这才明白一切全都仰仗着机灵的黄蜂的作为。安夫向空中追寻的指尖儿，正好映在路灯光里，一对小小的金黄的羽翅横着飞了过去。

安夫看来终于把蜂子赶走了，他茫然而立，掏出手帕擦汗。接着，到处搜寻初江的身影。然而，哪里都没有找到。他试着将两手拢成喇叭状，低声呼唤初江的名字。

初江故意用脚尖搅动羊齿叶，发出飒飒的响声。

"喂，在那里呀，快下来吧。我什么事儿也没有啦！"

"不行！"

"我叫你下来嘛。"

他要爬上来，初江举起了石头。他畏缩了。

"干什么呀？多危险。……要我怎么样你才肯下来呢？"

安夫害怕这样逃脱的初江向父亲告状，他一个劲儿黏缠道：

"……哎，要我怎么样你才肯下来呢？你会告诉你父亲吗?"

——没有回答。

"哎,你不要告诉你父亲。怎么样才能使你不说呢?"

"挑水,替我把水挑到家里去。"

"真的?"

"真的。"

"照爷子好怕人哩!"

然后,说来也很可笑,他所干的完全是受到一种义务观念的束缚。他把踢倒的水桶重新灌满水,将两只水桶的系子挽在扁担两头,担在肩膀上迈开了脚步。

过了一会儿,安夫回头瞧瞧,不知何时,初江在离他两米远的地方,跟在他后头走着。少女不露一丝笑容,安夫站住不动,少女也站住不动。安夫沿着石阶走下来,少女也跟了下来。

村庄依然在沉睡,家家户户的屋顶洒满了月光。然而,黎明不久就要到来,两人顺着通向村中的一段段石阶走下去,脚下边到处都能听到阵阵鸡鸣。

第 十 章

新治的弟弟回到了岛上。母亲们站在码头上迎接儿子。细雨迷蒙，看不清海面。联络船距离码头百米远的地方，才从雨雾中露出姿影。母亲各自呼叫儿子的名字。轮船甲板上挥舞着的帽子和手帕，看得十分清楚。

船靠岸了，中学生们各人见到了自己的母亲也只是笑笑，在海滩上同学们又互相打闹起来。他们都不愿意让别人看到自己对母亲撒娇。

阿宏回到家里，依旧兴奋不已，心里激动得直跳。说起话来一概不涉及名胜古迹，只是说什么住在旅馆里，同学半夜起来小便，因为害怕，就把自己叫醒一同去，第二天早晨困得要命。他的话题净是这一类事情。

这次旅行的确给他留下了深刻的印象，但阿宏不知如何表达，他能想起来的也是一年前的事。譬如他在学校的走廊上涂了蜡，看到一位女老师滑倒了，心里直乐。至于那些光闪闪的、擦身而过消失在远方的电车、汽车、高楼大厦和霓虹灯等令人惊奇的东西，都到哪儿去了呢？这个家和出发前一样，有碗橱，有房柱上的挂钟、佛坛、矮桌、镜台，还有母亲。有锅灶，有脏污的榻榻米。对于这类东西，本来不说什么也可以，但是所有这一切，还有母亲，都在缠着他讲讲旅途的见闻。

直到哥哥打鱼归来的时刻，阿宏才好容易平静下来。他当着母亲和哥哥的面，打开笔记本，约略谈了些旅途中的事。大伙儿听了都很满意，不再缠着他讲下去了。所有的存在又恢复了原样，不说下去也可以了。碗橱、房柱挂钟、母亲、哥哥、古老而黝黑的锅灶、汹涌的海涛……阿宏被这一切包围着进入了梦乡。

阿宏的春假临近结束了。因此，他从早晨起床到晚上睡觉，只知道拼命玩乐。岛上的娱乐场所很多。打从在京都、大阪头一次看了很久以前就听说的西部电影之后，阿宏的玩友中就流行模仿西部片的新游戏来了。他们看见大海对面的志摩半岛升起了山火的黑烟，就自然联想到印第安城堡上滚滚的狼烟。

歌岛上的鱼鹰是候鸟。到了这个季节，鱼鹰渐渐消失了踪影。整个海岛，黄莺不住地婉转啼鸣。通往中学校的陡坡顶端，冬季正对着风口，人站在这里鼻子就会冻得通红，因而叫做赤鼻岭。其实，不论多么寒冷的日子，风已经再也冻不红鼻子了。

岛南端的辨天岬是他们西部剧的舞台。地岬西侧海岸，全是石灰岩。顺着海岸一直前行，就到达歌岛最神秘的场所之一——岩穴的入口。宽一米半，高七八十厘米。进入小小的洞口向里走，曲折的小路逐渐变得宽阔起来，三层岩洞展现在眼前。到达那里之前，一片漆黑。来到洞窟，凝聚着神奇的微明。看不见洞穴的内部，从东岸进入的海潮，贯通着整个地岬，于深深的竖坑底下，时涨时消。

顽童们手举蜡烛进入洞穴。

"喂，注意，危险！"

他们一边在暗穴里爬行，一边互相观望一下脸色。烛光里浮动着学友们俨然勾着脸谱的容颜。于是，每人都为映照的脸膛上没有长出浓密的胡须而深感遗憾。

小伙伴儿有阿宏、阿宗和阿胜，他们一行正在进入洞窟深部，探访印第安之宝。

来到洞窟，好容易直起腰来。走在前边的阿宗，头上落着织得厚厚的蜘蛛网，神气十足。阿宏和阿胜打趣道：

"瞧你，头上堆着这么多玩意儿，你就当酋长得啦。"

古代不知什么人在岩壁上刻下的梵文长满了青苔，他们在梵文下边树立了三支蜡烛。

从东岸灌入竖坑的潮水冲击着岩石，发出阵阵巨响。这里怒涛的声音和户外听到的无法相比。激流滚滚，撞击着石灰岩洞窟的四壁，轰轰然震耳欲聋，上下鸣动，摇撼着整个洞窟。据说这座竖坑，旧历每年六月十六到十八这几天，随时有七条白色的大鲨鱼出现。想起这个传说,他们吓得直打哆嗦。

孩子们做游戏角色可以自由对调,敌我双方可以随意改换。两人看到阿宗头顶蜘蛛网就把他推举为酋长,他们自己也不再做边防守备队员了,这回变成印第安人的随从,就波涛可怕的回响随时请示酋长。

阿宗也心领神会,他神气十足地打坐在蜡烛下面的岩石上。

"酋长,那可怕的声音是怎么回事?"

阿宗用一副庄严的口气回答:

"那个吗?那是神仙在发怒啊!"

"应该怎样才能叫神仙息怒呢?"

阿宏问道。

"这个嘛,看来只有上供祈祷啦。"

大家把母亲给的或自己偷来的干饼和豆包放在报纸上,供在面对竖坑的岩石顶端。

阿宗酋长穿过他俩之间,悄无声息走到祭坛前边,俯伏在石灰岩的地面上,高举两手,即席念了一段奇妙的咒语。他时而直起腰杆儿,时而蜷曲在地表,虔敬地祷告着。阿宏和阿胜跟在他后头,和酋长一样祈祷。冰冷的岩石透过裤子抵着膝盖,其间,阿宏感到自己变成电影里的人物了。

所幸,神的怒气似乎消了,波涛的轰鸣稍稍平稳了。大家围坐一处,享用撤下来的米饼和豆包。这回吃起来比平时香甜十倍。

此刻，忽然一阵轰响，竖坑里升起高高的飞沫。薄暗之中，瞬间的飞沫看上去如雪白的幻影。大海震撼着、压挤着洞窟，看样子，坐在岩石内部的他们三个印第安人，弄不好也要被卷入海底了。阿宏、阿宗和阿胜如今真的害怕了。不知从何处刮来的风，吹得岩壁梵文字下边的三支烛火摇曳不定，其中一支被吹灭了。这时候，可怖的程度无法形容。

可是，三个人平日就争强好胜，胆大妄为。此时按照少年本能的意志，随即把恐怖编入游戏之中了。阿宏、阿胜扮演两个胆小的印第安人的随从，他们战战兢兢，时时抖动着身子。

"啊呀呀，不得了啦！太可怕啦！酋长大人，神在发怒啊，神干吗这样生气呢？"

阿宗回到岩石宝座上，俨然一副酋长的派头，颇为优雅地颤抖着。经这么一问，他天真无邪地联想起这几天岛上人们风言风语的一件事，干脆用来搪塞一时。于是，他咳嗽了一声，答道：

"因为邪恶，因为不正。"

"您说的邪恶，是指什么？"

阿宏问。

"宏爱卿，你还不知道吧？你的哥哥新治和宫田家的闺女初江偷欢，惹得神灵大发雷霆啊！"

一听到人家谈论哥哥，阿宏肯定觉得有损自家人的名誉，他气恼地叮住酋长不放。

"哥哥和初江姐怎么啦？您说偷欢，是什么意思？"

"这还不明白？偷欢，就是男女一块儿睡觉！"

阿宗虽然这么说，其实他也知道得不多。不过，经他这么一讲，阿宏感到这话带有浓重的侮辱色彩，他愤怒地扑向阿宗。阿宗被抓住肩膀，脸上挨了一巴掌。一阵乱斗草草收场了，原来阿宗被推倒撞在岩壁的当儿，其余的两支蜡烛也掉到地上熄灭了。

洞窟里一片晦暗，他们互相只能看到对方模糊的面孔。阿宏、阿宗气喘吁吁，各不相让。不过，他们心里也都逐渐明白，再这样斗下去，弄不好会招来危险。

"别打啦！好危险啊！"

阿胜过来调解。三个人划着火柴找到蜡烛，然后，他们默默无言地爬出了洞口。

——他们沐浴着洞外的阳光，登上地岬到达地岬顶部时，又像平时一样重新和好起来。他们似乎忘记刚才的一场斗殴，唱着歌走在岬脊背的小路上。

　　……古里海滨一片岩滩，

　辨天八丈静寂的海滩……

这古里海滨位于地岬西侧，描画着岛上最美丽的海岸线。海滩中央耸峙着一块被称为八丈岛的两层楼高的巨石，顶端长满了卧藤松,旁边有四五个调皮的孩子,向他们边喊叫边挥手。

三人也挥着手给予回应。他们正在行进的小径周围,以及松林各处细软的草地上,盛开着一簇簇红色的紫云英花。

"嘀,那不是拖船吗?"

阿胜指着地岬东边的海面。那里有一处静谧的海滩,怀抱着优美的小海湾,湾口附近,停泊着三只拖船,等待着涨潮。那是一边航行,一边操纵拖网的船只。

阿宏也跟着"嘀"的一声呼唤。他和伙伴儿一起向闪光的海面眯细了眼睛。然而,刚才阿宗的话还沉重地压在心头,随着时间的过去,逐渐凝聚在心底,越来越受不住了。

晚饭时分,阿宏饿着肚子回到家里。哥哥还没有回来。母亲一人正往灶膛里填柴火。树枝的劈劈啪啪的响声和灶膛中风一般呼呼的着火声交混在一起。只有在这个时候,诱人的饭菜香味才能盖过厕所的熏臊气味儿。

"哎,妈妈!"

阿宏在榻榻米上躺成个"大"字,叫道。

"什么?"

"人家说哥哥和初江姐偷欢,到底怎么回事?"

母亲不由得离开锅灶,端坐在躺着的阿宏身旁,眼里闪着异样的光芒,那神色和披散下来的头发一样可怕。

"宏儿,你,打哪儿听来的?是听谁说的?"

"阿宗。"

"这事儿，可不准再提了，啊？对哥哥也不许说。你要是再说，几天不给你饭吃，听到没有？"

——对于年轻人谈情说爱这类事情，母亲向来看得很开。她讨厌在海女下水季节里，围着篝火议论别人家的长短。可是，一旦儿子的事情弄得满城风雨的时候，作为一个母亲，她义不容辞，必须正面对待。

当晚，阿宏睡下之后，母亲凑到新治的耳边，压低声音严肃地问道：

"你知道有人造你和初江的谣吗？"

新治摇摇头，涨红了脸。母亲迟疑了一下，接着，单刀直入地责问：

"你跟她睡过觉啦？"

新治还是摇头。

"要是没事儿，别人就不该背后说三道四。真的没有吗？"

"真的。"

"那好。要是这样，也就没说的啦。不过要小心，人多嘴杂呀！"

……可是，事态并没有朝着好的方向发展。第二天晚上，新治的母亲参加妇女唯一的集会——庚申会的时候，刚刚露面，大伙儿登时绷起脸来，不再说下去了。原来，女人们谈得正起劲呢。

再过一天的晚上，新治去出席青年会。他若无其事地打开门一进去，明晃晃的电灯光下，围着桌子，谈得热火朝天的伙伴们，一看到新治，转眼间陷入沉默。寂静的屋子里，只是弥漫着喧骚的潮音，整个房间，似乎变得空无一人了。新治像往常一样，默默地靠着墙壁，抱膝而坐。于是，大伙儿又像平素一样热心谈论起别的话题。今天难得一次提前到达的组长安夫，隔着桌子向新治轻轻点点头，新治没有任何怀疑，他笑笑点头回礼。

一天，太平丸上吃午饭时分，龙二忍不住地说道：

"新兄，知道吗？我真生气。安兄到处说你的坏话呀。"

"是吗？"

新治满不在乎，他只是默默地笑了笑。渔船在春波荡漾的海面上摇晃着，这时，沉默寡言的十吉冷不丁地插进话来：

"我知道，我很清楚。安夫在吃醋呢。那小子，仰仗他老子的权势，是个拈花惹草的大混蛋！新治倒是一位了不起的美男子，人家是吃你的醋啊！新治，甭管他，有我呢，他要是再来难为你，我帮你整他。"

……安夫散布的谣言传遍村子的各个角落，人们议论纷纷，唯独没有进入初江父亲的耳朵。一天晚上，村里发生了一件大事，给全村人留下了全年之中都谈不尽的话题。事情发生在公共澡堂里。

村中不论多么富裕的人家，都没有室内浴池设备，宫田照吉去公共澡堂洗澡。他用傲慢的动作，一头顶开布帘儿，一把扯掉衬衫扔进筐子，衣服、腰带都耷拉到筐子外头来了。于是，照吉不住咋着舌头，一一用脚尖儿夹住挑到筐内。周围的人看到了都很惊讶，然而对于照吉来说，却是个难得的机会，他想在公众面前显示一下，虽然年迈但力气不衰。

不过，这位老者赤裸的身子确实不一般。古铜色的四肢，没有明显的松弛，目光敏锐，顽强的额头上方，披散着狮子鬣毛似的白发。那醉酒般的红黑胸膛和那头白发，形成了多么魁伟的对照。隆起的肌肉由于长久不用，已经变成硬疙瘩，经过风吹浪打，更增强了坚如磐石的印象。

照吉堪称歌岛的一尊神，他是这个海岛上劳动、意志、野心和力量的象征。他是一代创业者，粗豪而精力充沛。他性格狷介，决不插手村里的公务，却受到一村之主们的尊崇。他望天观象惊人的准确，对捕鱼、航海有无比丰富的经验，至于村中的历史和传统，更值得他大大自负一番。但是，他顽固，不肯容人，滑稽而又可笑，上了年岁依然爱和人吵架斗气。这些都抵消了他的长处。总之，这位老人只要活着，他万事都像铜像般地显示一番，也不为奇怪。

他拉开浴场的玻璃门。

里面的人很多，浓重的水汽里只能朦胧得看出每人的轮廓。水声，木盆碰撞发出的脆响，还有笑声，一同震动着天棚。一天劳作后的解放感，以及满池子丰沛的热水，充溢着整个浴场。

照吉下水之前决不先冲洗身子，他从浴场入口大踏步走进来，直接将脚伸进水池。不管水多热，他都不介意。什么心脏病、脑血管病啦等等，对于照吉来说，就像看待领带和香水，他毫不关心。

水池中先来的浴客，即便脸上溅满水珠，一旦认出照吉，都恭恭敬敬对他点头致意，照吉将他那傲岸的下巴及早浸入了水里。

靠近浴池正在洗身子的两个青年渔夫，没有发现进来的照吉，他们肆无忌惮地大谈关于照吉家里的事。

"宫田家的照老爷子，也真够大意的，闺女都跟人搞上了，自己还蒙在鼓里哪。"

"久保家的新治还真有本事，都以为他是个孩子，没想到这一手干得真漂亮！"

浴池里先来的人们偷偷向照吉脸上扫了一眼。照吉浑身烫得通红，他面色平静地出了浴池，紧接着，两手提来两只水桶，从水池里灌满水，走到两个青年身边，兜头浇了两桶冷水，照着各人的脊背踹了一脚。

满脸肥皂沫半蒙着眼睛的青年正想回击，一看对方是照吉，立即蔫巴了。老人抓住两人被手指的肥皂沫弄得滑腻腻的脖颈，拽到了浴池旁边。他使劲将两人的头颅互相撞击了一下，按进热水里。老人粗大的手指，紧紧卡住他们的脖子，像涮东西一样，将两个脑袋在热水里摇来摇去，互相撞击。最后，照吉对那些呆然而立的浴客斜睨了一眼，也没有冲干净身子，迈开大步走出了浴场。

第 十 一 章

第二天，太平丸吃午饭的时刻，师傅十吉从烟盒里取出折叠得很小的纸片交给新治。新治伸过手去，十吉说：

"听着，你能保证，看了这个不耽误干活儿吗？"

"我不是那号人。"

新治简短而果断地回答。

"那好，大丈夫一言为定。……今早，我打照爷子门前经过，初江偷偷跑出来，一句话没说，把这纸条硬塞到我手心里，又马上离开了。都这个岁数了，还会有女孩子递情书？我心里一阵高兴，打开一看，上面写着什么'新治哥'。嘿，我真混，差点儿撕碎扔进大海里啦。事后想想，实在过意不去，就带来了。"

新治打开纸条，师傅和龙二一起笑了。

新治小心翼翼，生怕骨节粗大的手指将叠成小方块的薄纸弄破了。烟末儿从纸角落在手心里。信先是用钢笔写了两三行，看样子没有墨水了，接下去是淡淡的铅笔。字写得很稚拙。全文如下：

……昨晚，父亲在公共澡堂听到有人说咱俩的坏话，十分生气，不许我再和新治哥您见面。父亲就是这个脾气，不管我如何辩白，他都不答应。他说，从晚上渔船回港之前到第二天早上出海这段时间，决不许我外出。值班挑水也请邻居大娘代劳。我感到万分伤心，实在难以忍受。父亲还说，休渔的日子里，他将整天守在我身边，一刻也不离开。我怎样才能见到新治哥您呢？请想个好主意吧。写信吧，邮局里净是熟悉的叔叔大爷，挺可怕的。这样吧，我每天写好，压在厨房前面水缸盖下边。新治哥您的回信也请压在那儿。您自己来取太危险，还是托个可靠的朋友吧。我因为来海岛时间不长，还没有可以信赖的朋友。新治哥，真的，您可要坚强地活下去啊！我每天都跪在母亲和哥哥的灵位前祈祷，求神灵保佑新治哥平平安安。菩萨一定会理解我的心情的。

新治读着读着，想到自己和初江的一段情分被拆散，以及这位女子一副真诚的心灵，悲伤和欢乐轮番袭来，犹如阳光和日阴交替映照在他的脸孔上。新治读了，十吉一把夺去也读起来。他觉得这是他这个信使当然的权利。十吉还大声念给龙二听，用的是十吉喜欢的《浪花小调》的腔调。这也是他平常一字一句读报时的节奏，虽说不带任何恶意，但在新治看来，心爱的人儿真心实意写的信，就这样被人家拿来开涮，实在是可悲的事。

不过，十吉也被这信感动了，他好几次半道上停下来，大声地叹气，还不时加进去一些感叹词什么的。最后，他用平时白天指挥捕鱼时，百米以外的海面都能听到的音量，畅谈了感想。

"这女孩真机灵啊！"

经十吉再三央求，新治想船上也没有外人，都是可以信赖的朋友，于是就把心里话一五一十全都掏出来了。他说起话来很是笨拙，要么前后颠倒，要么漏掉重点，讲完一件事要花好多时间。好容易说到关键之处了，也就是两人脱光衣服抱在一起，但终于没有成事儿那一段，平日很少言笑的十吉，也忍不住笑了。

"要是我呀，我要是你，唉，真可惜啊！不过，没搞过女人的也许都这样。再说，那女孩儿很健壮，你一时对付不了她。尽管这样，你也太犯傻啦！啊，还好，她总要做你的媳妇的。等过门以后，你一天干她十次，全都补回来好啦。"

比新治小一岁的龙二听罢，脸上现出像是明白又像是不明白的表情。新治也没有都市恋爱青年那种易于伤感的神经。成人们的哄笑决不会伤害他，反而使他感到一种宽容和温馨。推拥着渔船的平滑的海浪抚慰着他的心胸，一旦默默无言地沉静下来，这劳动的场所就变成了他的无比宝贵的安息之地。

龙二从家里到渔港须经过照吉家门口，他主动提出，每天早晨由他去取压在水缸盖下边的信。

"打明天起,你可就是邮局局长啦!"

很少开玩笑的十吉说道。

每天的信成了船上三个人午休时的话题。信的内容以及引起的悲叹和愤怒,也由三个人分享。第二封信尤其惹人愤恨。信上详详细细地写着:安夫在泉边夜袭初江,他胁迫初江守约,决不外传,而他自己为了泄私愤,在村里到处造谣、撒谎;照吉禁止女儿会见新治,初江极力辩白,最后讲出了安夫的暴行,可父亲对安夫不作任何处罚;安夫全家照旧在她家出出进进,亲亲热热,但初江却连看一眼安夫都觉得晦气……最后,还加了一句:她决不让安夫钻空子,叫新治放心。

龙二为新治打抱不平,新治脸上闪过平日很少见到的怒气。

"我家太穷,总是不行啊!"新治说。

他从来不发这样的牢骚。与其说自己穷,倒是觉得说出这种牢骚话来,更证明自己软弱,因此羞愧得几乎掉下泪来。但青年顽强地绷紧面孔,强忍住无价的泪水,硬是不让人看到那副难看的苦丧的面容。

十吉这回没有笑。

嗜烟如命的十吉,有个奇怪的癖好,烟丝、卷烟每天轮番着吸。今天该吸卷烟了。逢到吸烟丝的那天,他经常把黄铜烟管儿往船帮上一阵敲打,船舷一部分被他敲成了小小的凹坑。

他很爱惜渔船,烟丝只是隔天吸一次,其他日子则是用海松石烟嘴,插入一支"新生"卷烟吸着。

十吉从两个青年身上移开视线,一边含着海松石烟嘴儿,一边观望烟霞溟濛的伊势海。透过雾气,可以微微看到知多半岛尖端的师崎一带地方。

大山十吉的脸孔像一块皮革。深深的皱纹内部也被太阳晒得一样黑,散放着皮革的光泽。他双眼敏锐,炯炯有神,但已失去青年时期的明净,代之而来的是凝重而沉滞的浑浊,犹如耐得住烈日曝晒的皮肤般的浑浊。

作为一个渔夫,不论从深刻的经验还是年龄上加以推断,他都认为需要等待一个时候。

"我知道你们在打什么主意,把安夫狠揍一顿对吗?可那样又有什么用呢?他犯傻就让他犯傻好啦。新治是很难过,但关键是要忍耐。就像钓鱼,不耐着性子是不行的。很快就会好起来的。正义的人们,即使默不作声,也必定会取得胜利。照爷也不是呆子,他不会分不出谁是谁非来。安夫嘛,随他去。正义的人,最后总会占上风的。"

村里的流言蜚语和每天运送的邮件和粮食一起,即便迟到一天也终于会送到灯塔人的耳朵里。照吉禁止初江和新治见面的传言,使得千代子内心里一片黑暗,她觉得这是自己的罪过。新治不会知道这种毫无根据的流言来自千代子,至少千代子相信这一点。但是，千代子无论如何都不敢正视新治前来送鱼时，那副无精打采的面容。另一方面，千代子那种无缘无故的烦躁不安，却弄得好心肠的父母坐立不安。

千代子春假结束，回东京宿舍的一天到来了。那件事她实在难以亲自说个明白，但不主动说明就无法得到新治的宽恕，自己也就不能回东京。她的心绪被这样奇怪的推理搞乱了。她只想自己不坦白罪责，就能获得本来就不会恨她的新治的宽宥。

基于此，千代子自回东京前夜起，就住在邮局局长家里，天亮前独自去海滩，那里正在忙着做下海捕鱼的准备。

人们在星光下劳动。渔船被拖到"算盘"上，随着大伙儿的呼喊，渐渐向水边滑行。男人们头上缠的白色布巾或毛巾特别显眼。

千代子的木屐一脚一脚陷入冰凉的沙子里，沙子又从她的足背上悄悄滑落下来。大家都在忙着干活儿，谁也顾不得朝千代子瞥一眼。每天单调而高强度的生活节奏，像旋涡一般紧紧卷裹着每一个人，使他们的肉体和心灵都承受着深深的煎熬。没有一个人像自己一样热衷于感情问题，千代子想到这里，心里有些内疚。

千代子的双眼透过黎明前的微暗，极力搜寻新治的身影。每个男人都是一样的装束，天色微明，要想辨清他们的脸孔实在太难了。

一只渔船好不容易下水了，获得解救似的漂浮起来。

千代子不由走近那只渔船，呼叫那位缠着白毛巾的青年的名字。那青年刚要登上船，听到叫声回过头来。从那微笑着露出洁白的牙齿上，千代子一眼认出他就是新治。

"我今天回东京，是来和你告别的。"

"是吗？"——新治沉默了。他不知说些什么好，于是勉强地应付一声，"……再见。"

新治很着急，千代子明明知道，她比新治更着急。她没再言语，更没有坦白什么。她闭着眼睛暗自祈祷，但愿新治在自己面前多待上一秒钟。她心里明白，她请求他宽恕的心情，事实上只不过是一种假象，她多么希望获得他亲切的抚慰啊！

千代子到底想叫新治宽恕什么呢？一味认定自己相貌丑陋的这位少女，蓦然之间，将平素压抑在心底的疑问，仅仅面对眼前这位青年，毫不犹豫地说了出来。

"新治哥，我就那么丑吗？"

"什么？"

青年带着一副莫名其妙的心情反问。

"我的脸就那么难看吗？"

千代子巴望早晨的微暗能保护自己，使自己的面孔显得漂亮些。但是天不如人愿，东方的海面已经发白了。

新治当场做出回答。因为他很着急，怕回答晚了会使少女伤心。

"谁说的？你很漂亮。"他一只手扶着船尾，一只脚稍稍一跃，跳到船舱里了。

"很漂亮呀！"

谁都知道，新治是个不说恭维话的人。只是，对于这个突如其来的问题，他急中生智，回答得很恰当。渔船离岸了，他从渐渐远去的渔船上快活地招着手。

于是，海岸上留下一位幸福的少女。

……那天早晨，千代子和从灯塔赶来送行的父母说话的时候，脸色也显得光彩照人。灯塔长夫妇看到女儿回东京那样高兴，都觉得很奇怪。当联络船离开码头，暖洋洋的甲板上只有她一个人时，从早晨起就不断加以回味的那种幸福感，在孤独之中获得了完善。

"他说我很漂亮！他说我很漂亮！"

千代子又不厌其烦地重复说，从那一瞬间起，这句话已经念叨几百遍了。

"他真的是这么说的呀。这就够啦！我不再期望他干什么了。他真的是这么说的呀。光是这一点我就满足啦！我不能指望得到他的爱，他有他喜欢的女人。我为何要干坏事呢？大概是由于我的嫉妒才使他陷入不幸吧？可他对于我的背叛反而报以好意，说我长得漂亮。我应该好好赎罪……尽心尽力报答他才是……"

——海面上响起奇妙的歌声,打破了千代子的思绪。放眼一看,伊良湖水道方向,众多小船插满了红旗向这边驶来。船上的人们唱着歌。

"那是什么?"

千代子向正在卷缆的年轻的船长助手问道。

"那是参拜伊势神宫的船啊。船员们携家带口,乘着捕松鱼的小船,从骏河湾的烧津和远州方面前往鸟羽。渔船上红旗飘飘,旗子上写着船名,大家有的喝酒,有的唱歌,还有的在赌博。"

红旗渐渐看清楚了。这些船速很快的远洋渔轮越来越接近神风丸了,随风传来一阵阵喧嚣的歌声。

千代子在心里又重复着那句话:

"他说我长得漂亮呀!"

第 十 二 章

不知不觉之间,春天就要结束了。树木绿色渐浓,东边岩壁群生的文殊兰花期尚早,海岛上随处布满了五彩缤纷的花朵。孩子们去上学,一些海女潜入冰冷的水里采裙带菜。因此,不锁门,不关窗,白天里全家外出的家庭增多了。蜜蜂在空荡荡的房子里自由出入,飞来飞去,一头撞到镜子上,这才大吃一惊。

新治不善于动脑筋,找不到和初江见面的任何办法。虽说至今两人幽会的时间很少,但相逢的欢愉依然使他耐着性子等待下去。一想到眼下不能见面,相思的痛苦越来越深了。尽管这样,新治既然对十吉起过誓,就不能耽误干活,他只好每天晚上从海上回来,瞅准人眼稀少的时候,在初江家周围转悠。有时,楼上的窗户打开了,初江探出头来。月色皎洁的夜晚,除了月光正好照在她的脸上之外,少女的容颜一概包裹在阴影里,看不分明。然而,青年敏锐的目光却能清晰地洞见她那温润的眼眸。初江怕惊动附近邻居,没有出声,新治也躲在庭院的石墙后面,一声不响地仰望着少女的脸。这种梦幻般的两情相望的痛苦，都被详详细细写进龙二第二天带来的信里了，新治读着信，将她的姿影和声音合在一起，联想到昨夜见到的初江的影像，加上声音和动作，越发鲜明而生动起来。

这样的面会对于新治也很痛苦，他有时夜里独自到岛上人迹罕至的地方转悠，排解胸中的郁闷。他到过岛南端的德吉王子的古坟，这座古坟的边界从哪里到哪里不得而知，但山顶七棵古松之间，有小小的牌坊和祠堂。

德吉王子的传说很是模糊，也没人知道"德吉"这个名字来源于何种语言。旧历新年举办的古老仪式上，一对老夫妇猛然打开一个奇怪的盒子，让人看看里边竹笋似的东西，不知道这秘宝究竟和王子有什么关系。直到多年之前，岛上的儿童还管妈妈叫"唉呀"，据说王子称妻子为"屋里"，小孩子闹不清楚，误唤做"唉呀"了。

传说很久之前，一个遥远国家的王子，乘着黄金小船漂流到这个海岛上。王子娶岛上的姑娘为妻，死后就葬在这座陵墓里。王子的一生没有留下什么口碑，任何附会、假托的悲剧性故事，也无法套到这位王子的身上来。即使这些传说是事实，恐怕歌岛上王子的一生因为非常幸福，没有给人留下编故事的余地吧。

说不定德吉王子是下凡到这块陌生土地上的天使。王子度过了地上的一生，不为世人所知晓。然而，幸福和天宠没有一刻离开过他的身边。因而，他的尸首葬在可以俯视美丽的古里海滨和八丈岛的陵墓里,没有留下任何故事。

——可是,不幸的青年徘徊于小祠堂边,走累了,就在草地上抱膝而坐,眺望着月光照耀的大海。月亮出现了圆晕,预示着明天要下雨。

翌日早晨,龙二去拿信,发现为了怕雨水打湿,信被夹在水缸木盖下稍稍偏离的地方,还罩上一个脸盆。捕鱼这天整日落雨,新治拿到信,中午用雨衣护着阅读,上面的字迹很难认清楚。初江在信上特别加了说明,说今早写信时,怕开灯会引起怀疑,是躲在被窝里摸索着写成的。平素都是午间偷空儿写,赶在早晨出海前"投递",可这天为了尽快告诉他一件要紧事,遂将昨天写的信撕毁,重新写了这封信。

初江在信中说,她做了个好梦,说神仙告诉她,新治是德吉王子转世,他和初江圆满地结婚之后,生下了珍珠般的孩子。

初江不会知道,新治昨夜去参拜德吉王子古坟的事,他被这种奇妙的感应打动了。为了给初江圆梦,他打算今夜回家后,再慢慢给她写回信。

自打新治能够赚钱养家糊口之后,母亲不必再作为海女拼着老命浸泡在冰冷的海水里了。她打算到六月份再潜水。然而,干活儿惯了的她,随着天气越来越和暖,家里的活计不过瘾,一有空儿就爱管闲事儿。

她总是为儿子的不幸操心。比起三个月之前，如今的新治像换了一个人。他虽说像往常一样沉默寡言，但以往这个默不作声的青年脸上青春的欢乐消失了。

一天，母亲上午做完针线活儿，中午闲得无聊，她朦胧地意识到，总得想办法救救不幸的儿子。自家里虽然没有阳光，但通过邻家仓库的屋顶，可以仰望晚春明丽的晴空。她决然走出家门，来到防波堤上，遥望细波粼粼的水面。和儿子一样，她每当有什么心事，就去同大海商量。

堤上到处晒着系有章鱼罐的绳子。几乎看不到渔船的海滩上晾满了渔网。母亲看到一只蝴蝶，从张开的渔网上朝着防波堤款款飞来。这是一只美丽的翅膀黝黑的大蝴蝶。蝴蝶飞到这些渔具、沙滩和水泥地上，也许是来寻找新奇的花朵吧？渔夫家里没有像样的庭院，只有路边用石子围成的小小花坛，蝴蝶似乎厌弃那些寒酸的小花儿才飞来海滨的吧？

防波堤外沿，由于海浪一直冲击着泥土，所以沉淀着浑黄的水色。波涛涌来，这黄色的水流立即浮泛起来。母亲看见蝴蝶不久离开土堤，似乎要接近混浊的水面休息一下羽翅，又忽地升上高空。

"真是一只奇怪的蝴蝶，学着海鸥飞翔呢。"

她想。这么一想，她就紧紧被蝴蝶吸引住了。

蝴蝶飞上高空，迎着潮风离开海岛。风虽然很平静，但还是强烈地吹拂着蝴蝶轻柔的羽翅。尽管这样，蝴蝶还是高高升起，远远离开了海岛。母亲凝望着炫目的天空，直到蝴蝶变成一个黑点儿。蝴蝶只能在视野的一角里飞翔，它似乎眩惑于海面的广阔与闪光，迎入眼帘的相邻的岛影看似很近，实际遥远，它绝望于这样的距离，这回在海上低低地飘忽了一阵子，又飞回防波堤来了。蝴蝶停在晾晒的绳子上歇息，单从影像上看，仿佛给绳子打了一个粗大的结子。

母亲是个不迷信任何暗示的女子，然而这只蝴蝶的徒劳，却给她心里罩上了阴影。

"蝴蝶真傻，要想到别的地方，停在联络船上不就很容易去了吗？"

但是，她岛外没有什么事情，已经好多年没乘坐联络船了。

——不知为何，新治的母亲心里此时产生了一股盲目的勇气。她迈开坚定的步伐，迅疾离开了土堤。路上有一位海女跟她打招呼，她也没有理睬，似乎被什么东西紧紧迷住，风风火火地走去。海女着实吓了一跳。

宫田照吉是村里数一数二的富豪。虽然只是新盖了房屋，但屋脊也不比周围邻居高出多少。宅子既没有大门，也没有石墙。边门左侧是厕所的出粪口，右侧是厨房的窗户。宛若三月桃花节偶人架上摆的左大臣和右大臣相对而坐，以显示各自具有相同的资格。这种布局和其他人家完全一样。只是因为建筑在山坡上，作为储藏室用的坚固的混凝土地下室，稳稳地支撑着房屋。地下室的窗户开在紧连小巷的地方。厨房门口一侧，放着可以容纳一人的水缸，初江每天早晨用来夹住信笺的木盖，表面上看，依然完好地盖在上面，保护着不落进灰尘。不过一到夏天，不觉间水面上还是不免漂落一些蚊虫的亡骸。

新治的母亲正想进来，又在门口迟疑了一下。平时，她和宫田家没有来往，现在突然登门，光凭这一点就足够村里人挂在口头议论的了。她看看四围，没有一个人影，小巷只有两三只鸡在觅食，透过后面人家瘦弱的杜鹃花叶荫，可以窥见下方的海色。

母亲抬手拢一拢头发，可是头发还是被海风吹得很乱，她从怀里掏出一把断齿的红色塑料小梳子，动作麻利地梳了梳。她一身寻常打扮。没有搽白粉的脸，连着晒得微黑的胸脯。上下穿着满是补丁的劳动服，光脚套着一双木屐。由于长年做海女的习惯，每当浮出水面就得用力蹬着海底，几次受伤而变硬的脚趾，长着锐利而弯曲的趾甲，其形状决不好看，但踩在地面上，既坚定又稳健。

她走进土间，地上胡乱地脱着两三双木屐，有一双翻了个儿。一双钉着红带子的木屐，看来是到海边去过，濡湿的沙子还留在脚印里。

家中寂静无声，飘荡着厕所的气味。围绕土间的屋子一片晦暗，但里屋正中央清晰地印着窗外射进来的日影，犹如一块金黄色的包袱皮儿。

"有人吗？"

母亲喊了一声，等了片刻，没有人应。又喊了一声。

初江从土间一旁的楼梯上下来了。

"哦，是伯母。"

她一身朴素的便服，头发上扎着黄色的丝带。

"这丝带真好看。"

母亲讨好地说。她一边说，一边仔细打量着这个使自己的儿子朝思暮想的女孩儿。她似乎觉得这姑娘面色有些憔悴，皮肤过于白皙。正因为如此，一双眼眸更加显得清澄，明亮。初江知道她正端详着自己，脸上泛起了红晕。

母亲确信自己的勇气，她要会见照吉，诉说儿子的无辜，披露真情，撮合两人的婚事。她觉得，只能通过两家父母解决问题……

"你爸爸在家吗？"

"在。"

"我有事找你爸爸谈，请你去通报一下。"

"好吧。"

少女带着不安的表情上了楼梯，母亲坐在下面的门槛旁边。等了很长一段时间，她想要能给支香烟就好了。等着等着，她的勇气逐渐萎缩了。她明白过来了，自己所抱的空想显得多么狂妄啊！

楼梯上悄悄发出响声，初江下楼来了。但是她还没有完全下来，在楼梯上扭过身子说话。楼梯上一片黯淡，看不清她的面孔。

"这个……爸爸说不会客。"

"不见？"

"是……"

这个回答完全挫伤了母亲的勇气，满心的屈辱使她产生另一种激情。长久劳苦的一生，守寡之后数不尽的艰难，一起涌向心头。她一边向外走，一边唾沫四溅地怒吼：

"好，他不见我这个穷寡妇是吧？他不想让我再踏入你家的门槛是吧？我先把话说在头里，哎，转告你父亲，我绝对不会再到你们家来！"

母亲不打算把这次吃闭门羹的事告诉儿子。她一味乱发脾气，怨恨初江，净说初江的坏话，反而同儿子冲突起来。第二天一整天，母子俩谁也不理谁，第三天和解了。于是，母亲急急对儿子哭诉着，讲述了她访问照吉家遭到拒绝的经过。其实新治早已从初江的信中知道了。

母亲讲述时将自己最后那一段气头上的狠话省去了，初江为了不使新治伤心，信上也没有提。因此，对于新治来说，只是觉得母亲吃了闭门羹，自己也感到屈辱。这位心地和善的青年认为，母亲说初江的坏话虽然不应该，但也是没办法的事。

以往，他对初江的爱慕决不会瞒着母亲，现在看来，今后除了师傅和龙二，他再也不能对任何人袒露了。出于对母亲的孝心，他只能这么做。

由于善意的行动遭受失败，母亲变得孤独了。

打从那件事之后，幸好一直没有休渔日，不然，见不到初江的一天肯定度日如年。就这样，两人不得幽会，直到进入五月，有一天龙二带来一封信，使得新治喜出望外。

……明天晚上，父亲很难得地要会客。是津市县政府来的客人，打算住在我家。父亲请客，必然要大肆饮酒，及早睡觉。我想，夜里十一点我能溜出家门。请你在八代神社境内等我……

当天，新治从海上归来，换了一件新衬衫。母亲蒙在鼓里，怔怔地瞧着他的模样儿。她似乎又看到了暴风雨那天里的儿子。

新治已经深知久等的痛苦，为此，要是能让女方等些时候就好了。但不能那样做。看到母亲和阿宏一睡下，新治就出门了。这时离十一点还有两个小时。

他想到青年会去消磨一下时间。海滩的小屋里漏泄出灯光，住在这里的青年们都在聊天。新治听见他们正在谈论自己，随即离开了那里。

登上夜间的防波堤，青年的脸孔迎着拂拂的海风。新治想起了一件往事：那是刚从十吉嘴里听到初江身世的一天傍晚，他目送着地平线晚霞前面疾驰而过的白色货船，心中涌起莫名其妙的激动之情。那就是"未知"号船。他眼望着"未知"，心中感到平和，然而，一旦乘上"未知"扬帆远行，不安、绝望、混乱和悲叹，一股脑儿相携而来。

如今，他理应陶醉在欢乐之中。他明白自己的情绪受到某些挫伤而精神不振的缘由。今夜见到初江，她也许会逼着自己及早拿定主意。私奔？两人住在孤岛上，要乘船逃走，新治自己没有船，最要紧的是没有钱。殉情？岛上也有殉情的人，但那些都是只考虑自己而轻生的人。想到这里，青年坚决地排除了。他从来没有泛起过死的念头，何况他必须养家。

头脑里翻来覆去，不觉时间早已过去了。这位青年本不善于思考，眼下猛然发现思考具有一种意想不到的效能——消磨时间的效能。他感到十分惊奇。这位年轻有为的青年，断然停止了思考，因为不论有什么样的效能，他从思考的新习惯里最先发现的是一种直接的危险。

新治没有手表，说得体面些，他不需要手表。因为他有一种特异的才能，不管白天黑夜，他都可以本能地判断时间。

例如，星星的移动。他虽然不善于对星星的运转进行精密的测定，但他凭借自己的身体，能够感知黑夜的大环和白昼的大环在不停旋转。假如置身于与自然相关的一端，就不能不感到自然的正确的秩序。

实际上，新治坐到八代神社管理处门口的台阶上，已经听到十点半的一声钟响。神官全家人都在熟睡。青年将耳朵贴近挡雨窗，一点点数着木柱上的挂钟敲响了十一下。

青年站起身子，穿过幽暗的松荫，登上二百级的石阶。没有月光，天上笼罩着一层薄云，可以看见稀疏的星星。石灰岩的石阶将夜的微光全部集中起来，新治的足下，仿佛悬挂起一条庄严的白色大瀑布。

伊势海广大的风景完全隐蔽于夜色之中。比起知多半岛和渥美半岛等地斑驳的灯火，宇治山田一带的灯光凝聚一处，毫无间隔地绵延开去，灿烂辉煌。

青年对自己身上的衬衫感到自豪。这种最为高级的白色，从二百级台阶的底部也能一眼看清楚。百级石阶一带，左右两侧伸出的松枝在石阶上屯集着一簇簇暗影。

……石阶下方闪出一个娇小的人影，新治心中一阵惊喜。她一口气跑上石阶，周围响起的巨大的木屐声，和她娇小的人影显得极不相称。但她一点看不出气喘的样子。

新治本想跑下去，但他控制住了。他已经等了这么长时间，有权利在最上层悠悠然静候下去了。在看清楚面影之前，他本想大声呼唤她的名字，但他忍耐住了，自己也许应该跑下去才是吧。那样会在哪个地方看清她的脸庞呢？是在第一百级石阶吗？

——这时，新治听到脚下方传来异样的怒吼，那声音明明是在呼叫初江的名字。

初江登到稍微宽阔的阶段，立即停住了脚步。新治看到她的胸脯剧烈地起伏着。躲在松荫里的父亲出现了，照吉一把抓住女儿的腕子。

新治看着父女两个三言两语激烈争吵的样子，他呆然伫立于石阶顶上，像是被捆绑在那里。照吉也不朝新治这里回望一眼，他紧紧拽住女儿的手，向石阶下面走去。青年一筹莫展，他原地兀立，头脑有一半麻痹了，像卫兵一般守卫在石阶顶上。父女二人下了石阶，朝左一拐，消失了踪影。

第 十 三 章

　　海女季节，对于岛上的年轻姑娘们来说，就好比城里的孩子迎接升学考试一般，每人的心情都不平静。这项技能，从小学二三年级在海底玩捡石头游戏开始练习，加上竞争心，自然获得进步。然而逐渐深入此道之后，一旦快乐的游戏变为严酷的工作，女孩子们人人打憷，每逢一开春，就开始厌恶即将来临的夏天了。

　　冰冷，窒息，海水渗入防护镜的难以形容的苦痛，二三寸前就能捉到鲍鱼时的浑身的恐怖和虚脱感，再加上各种伤痕，猛踩海底浮起时锐利的贝壳刺伤的指尖儿，硬着头皮潜水后铅一般的倦怠……这一切沉积于记忆的底层，经一次次的研磨与反复，越发感到恐怖。经常是在没有做梦余地的深深熟睡中，噩梦突然将姑娘们唤醒，深更半夜，逼使她们透过寝床边平和而静谧的黑暗，凝视着自己手心里的满把汗水。

　　有丈夫的上了岁数的海女们就不同了。她们潜水浮上来时，大声唱歌，大声谈笑。工作和娱乐浑然一体，构成了她们的生活节奏。年轻的姑娘们见了，觉得自己绝不会像她们一样，但过不了几年，就会惊奇地发现，自己不知不觉也变得开朗和老练起来，成为这些海女中的一员。

歌岛的海女六七月里劳动强度最大。根据地是辨天岬东侧的"庭之浜"。

入梅前的这一天，已经不再是初夏了，阳光酷烈的海滩燃起了篝火，烟雾随着南风飘到王子古坟那里。"庭之浜"环抱着小海湾，这个小海湾正对着太平洋。海面上夏云耸峙。

小海湾正如名字一样，具有庭园结构。众多的石灰岩围绕着海滩，为了便于模仿西部剧的孩子们躲在岩石后头射击，这些岩石都做了适当布置，而且表面平滑，到处嵌满了小手指大小的凹坑，成了小蟹和沙虫的栖息所。岩石包围的沙地一片银白，左方面临海面的悬崖上，盛开的文殊兰，不再是凋落时期纷乱的花儿，而是将颇具性感的青葱般的粉白的花瓣，直指碧蓝的天空。

午休时分，篝火四周笑语声喧。沙子尚未热到烫脚的地步，海水虽说有些寒凉，但不至于一上岸就赶紧穿棉袄、烤火。大家一边谈笑，一边挺起胸膛自豪地互相展示自己的乳房。其中有人用两手捧着乳房。

"不行，不行。放下手来！用手捧着，很容易蒙混过关。"

"这乳房用手捧着也不会蒙混过关的，看你都说些什么呀。"

女人们笑着，互相比赛乳房的形状。

每人的乳房都被阳光晒黑了，既没有神秘的白皙，更不见透明的静脉。也一点看不出哪里的肌肉特别敏感。然而，阳光却在晒黑的肌理滋育了一层蜜一般半透明的亮丽的底色。乳头周围朦胧的乳晕，自然连接着那样的底色，并非只有乳晕才带有黯黑而温润的秘密。

聚集在篝火周围众多的乳房之中，有的凋谢，有的干瘪，只剩下葡萄干似的乳头，尚可窥见昔日的胜景。她们一概有着坚实、发达的胸肌，致使肥硕的两乳于广阔的胸脯上保持坚挺而不垂挂下来。这副姿态证明这些乳房不知羞愧，天天在太阳底下像果实一般成长。

一个姑娘苦于左右的乳房大小不一，一位心直口快的老婆子这样安慰她：

"不用担心，将来叫情郎给揉揉就好啦。"

大家笑了，姑娘依然不放心地问道：

"真的吗？阿春婆。"

"真的。从前也有过这样的姑娘，有了相好的之后，两边就对称啦。"

新治的母亲感到自豪的是自己的乳房还很水灵。和有丈夫的同一辈妇女相比，她显得最年轻。她的乳房似乎从不知道爱的饥渴和生活的劳苦，整个夏季一直面对阳光，从太阳那里汲取无穷的力量。

年轻姑娘们的乳房并没有怎么激起她的嫉妒心，然而只有一对美丽的乳房，不光新治的母亲，也是大家普遍赞扬的目标。那就是初江的乳房。

新治的母亲今天头一回去干海女的活儿，因而今天也是第一次有机会在这里好好看看初江。自从撂下那次狠话之后，彼此见面虽然交换过眼神，但初江生来就不爱言语的，今天她也很忙，两人说话的时机不很多。即使在这种乳房竞赛的场合，喋喋不休的也只限于年长妇女，新治的母亲本来就有些拘谨，眼下她也不想特意从初江身上引出话题来。

可是，一见到初江的乳房，母亲就认定，关于她和新治的谣言，将随着时间而烟消云散。看了这对乳房的女人不会再怀疑，因为这决不是男人饱享过的乳房。这对乳房犹如蓓蕾初绽，一旦盛开，那胸脯该是多么迷人啊！

耸峙着玫瑰红蓓蕾的一对小山丘之间，是经阳光灼晒的溪谷，这一带肌理纤细而柔滑，飘溢着一脉不失其冷艳的早春气息。同健全的四肢相配合，乳房的发育也决不算迟缓。不过，那种略显坚实的丰腴即将从沉眠中苏醒，只需经羽毛轻轻一触，微风的略施爱抚，就会大展芳姿。

这对健康的处女的乳房，呈现着无比美好的形状，老婆子伸出粗糙的手，不由触了触乳头，吓得初江跳起来。

大家都笑了。

"阿春婆懂得男人的心思哩。"

老婆子两手揉着自己布满疙皱的乳房，爽朗地说道：

"什么呀，都是些未熟的青桃子，我可是腌透了的老咸菜，吃起来有滋有味。"

初江笑了，摇摇头发，一片透明的绿色海藻，从头发上飘下来，落在耀眼的沙地上。

大伙儿正在吃午饭时，一位熟悉的异性瞅准时间从岩石阴影里露出了身影。

海女们故意发出惊叫，将包着饭菜的竹箨儿搁在一旁，捂住了乳房。其实她们一向都不在乎，这位闯入者是每个季节都到岛上来的老货郎，她们为了戏弄这位老人，才故意装出害羞的样子。

老人穿着皱巴巴的裤子，上身是白色开襟的衬衫。他把肩上的大包裹放在岩石上，擦着汗水。

"用不着这么惊慌，要是我不便来这里，那就回去好啦。"

货郎特地打趣道。因为他很清楚，在海滩上给海女看货，最能激发起她们的购买欲。海女们在海滩上很大方，所以他让她们在这里挑好，晚上送货上门时收取货款。还有就是，海女喜欢在阳光里选定和服的颜色。

老货郎在岩石阴影里摆摊，女人们嘴里塞满各种食物，在货摊四周围成一堵人墙。

浴衣、便服、童装、薄腰带、内裤、衬衫、腰带结子……

打开塞得满登登的平整的木箱盖子，女人们异口同声地发出赞叹。其中，摆满了漂亮的小百货，钱包、木屐带子、塑料手提包、丝带和胸针，五光十色，应有尽有。

"什么都想买呀！"

一位年轻的海女坦言道。众多黧黑的手指立即伸过去，对东西仔细地挑来拣去，评头论足，互相争论着合不合身，半开玩笑地讨价还价。结果，卖出两件近千元的棉织浴衣，一件混纺薄腰带，还有许多零星杂货。新治的母亲买了一只二百元的塑料购物袋，初江买了件年轻人穿的白地印着牵牛花的浴衣。

老货郎没想到生意会这么红火，他甚感高兴。他人很瘦，开襟衬衫的领口，露出阳光晒黑的肋骨。一头花白的短发，从两颊到太阳穴一带刻上了几道深深的皱纹。脏污的烟黄牙稀稀落落，说起话来很难懂，声音越大越听不明白。可是他那面颊上痉挛般的震颤的笑容，浑身夸张的动作，都使得海女知道他是个服务周到、"远离贪欲"的生意人。

货郎急忙伸出长着长长指甲的小手指，从货箱里掏出两三只漂亮的塑料包。

"看，蓝色的适合年轻人，黄褐色的中年人喜欢，黑色是给老人用的……"

"我偏要买年轻人用的！"

老婆子故意打岔说。看到大伙儿笑了，老货郎越发提高了嗓门儿。

"最新流行的塑料提包,正品一只值八百元。"

"嚯,真贵呀。"

"这是谎价吧?"

"实价八百。为了感谢大家的光顾,我将一只包免费送给你们中间的一位。"

大家一起张着巴掌伸了过去。老货郎故作姿态,一把将大伙儿的手扒拉开了。

"一只,就一只。祝贺歌岛村繁荣,拿出血本酬宾,颁发近江商店奖。人人有份儿,谁赢了谁拿。年轻人赢了拿蓝色的,中年妇女赢了拿黄褐色的……"

海女们猛然一惊,心想没准儿真能白拿一只塑料手提包呢。

一阵沉默使得货郎获得了收揽人心的自信。他想起自己过去当小学校长时,因女人而跌了跟头,凭着这副履历,还打算做运动会的指挥者。

"还是搞竞赛吧,报答歌岛村的竞赛,好吗?大家比赛采鲍鱼,一小时内,谁采的最多就奖给谁。"

他在另一座岩石上摊开包袱皮儿,郑重地摆上奖品。实际上,每样东西都五百元左右,看起来好像都足足值八百元。年轻人的奖品是淡蓝色的盒子形状,如新造的漆成天蓝色的小船,同耀眼的镀金扣子形成无比美妙的对称。面向中年的黄褐色也是盒子形状，是仿制鸵鸟皮压制成的，乍看起来和真鸵鸟皮一模一样。只有奖励老年人的不是盒子形状，不论是细长的锁口，还是宽大的船形，做工都十分细致、高雅。

新治的母亲希望能得到面向中年人的黄褐色提包，她第一个报了名。

接着报名的是初江。

小船载着自愿报名的八位海女离开了堤岸。操舵的是一个不参加比赛的中年胖女人。八人当中初江最年轻。那些甘拜下风的弃权的年轻姑娘们，大家都声援初江。留在岸上的妇女，各自声援自己喜欢的选手。小船沿着堤岸由南向岛的东侧驶去。

剩下的海女们围绕着老货郎唱歌。

海湾青碧而明净，红藻包裹的圆形的岩石，在没有波浪侵扰的时候，清晰地浮现于水面之上。其实那地方是相当深的。海浪掠过岩石腾空而起，波纹、波谷和水沫，完好地投影于海底的岩石上。波涛一旦涌起，又立即飞溅于堤岸上。于是，深呼吸般的叹惋之声，弥漫着整个海堤，遮蔽了海女的歌声。

一个小时过去了，小船从东岸回来了。参加比赛的八个人较之平时疲倦万分，彼此依偎着光裸的上身，各自默默地注视着不同的方向。湿漉漉的乱发和相邻人的头发缠络在一起，难以区分开来。有的感到肌肤寒冷，两人互相抱成一团儿。乳房起了鸡皮疙瘩，日光晶莹，她们被太阳晒黑的裸体，看上去犹如一群溺死的尸体。海岸上欢迎小船归来的热烈情景，同无声无息、徐徐驶来的小船实在不相调和。

八个人一下船，立即躺倒在篝火周围的沙滩上，一句话不说。货郎从每人手里接过小桶，数着鲍鱼的数目。

"二十只，初江最多。"

"十八只，久保太太第二。"

初江和新治的母亲分别获得第一二名。她们因疲劳而充血的眼睛互相对望了一下。岛上最老练的海女，败给了经受外地海女训练、技术高超的少女。

初江默默站起来，到岩石阴影里去领奖品。她拿回来的是奖给中年妇女的黄褐色提包，少女把提包硬塞给新治的母亲。母亲高兴得涨红了脸。

"怎么给我？……"

"上回我爸爸有些对不住您，我一直惦记着要向伯母赔礼呢。"

"真是个懂事的闺女啊！"货郎叫道。大伙儿你一言我一语交口称赞，劝这位母亲收下这份厚礼，于是她把黄褐色的提包仔细用纸包好，夹在光裸着的胳肢窝里，爽朗地说：

"谢谢啦!"

母亲一颗率直的心使她立即接受了姑娘的好意,少女微笑了。母亲想,这个儿媳妇心眼儿真好。——岛上的民风就是如此。

第 十 四 章

梅雨时节的新治每天都很苦恼。初江的信断绝了。大概初江的父亲发现女儿写信的事,才到八代神社阻止两人会面的。看来打那以后,他严格禁止女儿再给新治写信。

尚未完全出梅的一天,照吉的机帆船歌岛丸船长到岛上来了。歌岛丸停泊在鸟羽港。

船长首先到照吉家里,接着到安夫的家。入夜,又去新治师傅十吉的家。最后来到新治家里。

船长四十多岁,有三个孩子。他力大无比,但人很老实。他是法华宗的信徒,逢到旧历盂兰盆节,他只要在岛上,就替代和尚念经。船员们口中呼叫的"横滨阿姨"或"门司阿姨",都是指的船长相好的女人。船长每次到达这些海港,就带领一帮年轻人到这些女人家里吃喝。这些阿姨们衣着朴素,对小伙子们照顾得十分周到。

人们都说,船长有一半秃头,就是因为他好玩女人。因此,船长为了显示威仪,总是戴着镶嵌金丝的制帽。

船长到了,当着母亲和新治的面开门见山地说,这个村子的男人到了十七八岁，都作为伙夫接受船员训练。所谓伙夫也就是在甲板上做见习。新治也到这个年龄了，肯不肯到歌岛丸当一名伙夫呢？

母亲没有吱声。新治对十吉说，等商量商量以后再回话。船长说，他已经征得十吉的许可。

尽管如此，事情还是挺奇怪的。歌岛丸是照吉的船，按理说，照吉是不会同意让自己憎恶的新治上自己的船的。

"不，照爷也相信你会成为一个出色的船夫。我一说出你的名字，照爷就一口答应啦。唉，你就挺起腰杆儿好好干吧！"

为了慎重起见，新治和船长两个人又到十吉家里，十吉极力促成此事。他说新治离开太平丸，他自己也很难过，但不能耽搁年轻人的前途。新治这才答应下来。

第二天，新治听到一个奇怪的传言，说安夫也决定到歌岛丸当伙夫。安夫本来不愿意，但照爷以他和初江订婚为条件，叫他从事这份工作，安夫只好勉强应承下来。

听到这个消息，新治满心的不安和悲伤，但他还是抱着一线希望。

新治和母亲一道去参拜八代神社，请神灵保佑航海安全，还求了个护身符。

到了那天，新治和安夫在船长的陪伴下，登上联络船神风丸前往鸟羽。为安夫送行的人很多，其中也有初江，却不见照吉的影子。为新治送行的只有母亲和阿宏。

初江没有向新治这边瞧，船眼看就要出发了，这时初江凑到新治的母亲耳边嘀咕了几句，递过来一个小小的纸包，母亲又交给了儿子。

上船之后，当着船长和安夫的面，新治不便打开纸包观看。

他眺望远方的歌岛。此时，这位在这里土生土长、无比热爱海岛的青年，如今感到自己多么希望离开这个海岛啊！他之所以接受船长的要求，是因为自己想早些离开歌岛。

岛影望不清楚了，新治的心情也随之平静下来。同往常出海打鱼不一样，今晚不必再回到岛上去了。"我自由啦！"他从内心里发出呼喊。他第一次知道也会有这样奇妙的自由。

神风丸冒着小雨前进。晦暗的船舱铺席上，横躺着船长和安夫，他们睡着了。安夫上船之后，一直没有和新治搭过一句话。

青年将脸孔凑近雨水淋漓的小圆窗，借着光亮，打开初江送给他的纸包。里头包着八代神社的护身符，以及初江的照片和信。信中写道：

　　从此以后，我每天都将去参拜八代神社，祈求新治哥平安无事。我的心是属于新治哥您的。您可要健康地回来啊！送您一张我的照片，愿新治哥带着照片一起出海。这是我在大王崎拍的。——这回父亲什么也没说，他有意叫安夫和新治哥上自家的船，看来是有些考虑的。我感到有希望了。请不要灰心，努力干吧。

这封信为青年增添了勇气。他两腕蓄满力量，满腔热血沸腾。安夫依然没有醒。新治对着光亮的窗户，出神地瞧着少女这张身靠大王崎巨松的照片。照片上，海风翻动着少女的裙裾。这是去年夏天穿的那件白色的连衣裙，轻风扬起裹着玉肌的下摆，如翻卷的白浪。新治想起自己也曾和海风一样干过相同的事，浑身充满了力量。

新治一直恋恋不舍地盯着照片瞧个没完，立在圆窗一端的照片的背后，烟雨苍茫的答志岛由左舷缓缓移动而来。……青年又失去平静。希望一直折磨着他的心，这种奇怪的恋爱对于他来说已经不新鲜了。

到达鸟羽时分，雨停了。云朵消散，银白的光线从云隙里漏泄下来。

连接鸟羽港的船多半是小渔船，一百八十五吨位的歌岛丸十分显眼。三人跳上雨后阳光灿烂的甲板上，晶莹的雨滴顺着白漆的桅杆滑落下来。巨大的吊车在船舱上方弯曲着身子。

船员们都没有回来。船长将他们俩领进船室。这里位于船长室隔壁，厨房和食堂上部，是一间八铺席的房子。其中有一处放置杂物，中央的木板地面铺着薄边的草席。此外，右侧摆着两张上下两层的双人床，左边只有一张双人床和轮机长的床铺。天花板上贴着两三张护身符般的女明星的照片。新治和安夫被安排在右首前面的一张双人床上。这座屋子除了轮机长之外，还住着大副、二副、水手长、水手和操纵士。因为平时总有两人值班，所以床位数目足够使用。

船长陪他们看了船桥、船长室、船舱和食堂。然后，吩咐他俩在船员们回来之前，暂时到船室休息。他说完就走了。留在船室内的两个人，互相对望了一下，安夫心里很不踏实，他妥协了。

"只有我和你两个搭伴儿啦。在岛上的时候，出现了种种事儿。今后我们和好吧？"

"唔。"

新治马上笑着应了一声。

——傍晚时分，船员们回来了。大多是家在歌岛的人，都认识新治和安夫。他们吐着酒气，和新入伙的两个人开着玩笑，并且向他们交代了每天的活计和各种杂务。

轮船明早九点出航。新治很快得到的任务是，明天天一亮就卸掉桅杆上的停泊灯。停泊灯就是像陆上人家的挡雨窗，拆掉这个就表明要起床了。这一夜新治几乎没有合眼，摸黑提前起床，周围刚刚发白，就去拆卸停泊灯。晨光裹着一团雨雾，海港上的两排街灯，一直延伸到鸟羽车站。站上的货物列车响起了粗野的鸣叫。

青年爬上收了帆的光溜溜的桅杆,濡湿的桅杆冰冷,舔着船腹微微荡漾的海波,准确地传送到桅杆上来。停泊灯在雨雾迷蒙的第一道晨光之中,呈现出润泽的乳白色。青年将一只手臂伸向吊钩。停泊灯大幅摇摆起来,仿佛很不情愿被拆除,湿漉漉的玻璃灯罩中的光焰闪闪灼灼,雨水滴到青年仰着的脸孔上了。

新治琢磨着,自己下次拆卸停泊灯,该是在哪座海港呢?

承包给山川运输公司的歌岛丸,到冲绳运送木材驶回神户港,来回大约一个半月。轮船穿过纪伊水道,停靠神户,向西驶过濑户内海,在门司接受海关检疫。然后,沿九州东岸南下,到达宫崎县日南港,领取出港许可证。日南港有海关办事处。

九州南端的大隅半岛东侧有一处海湾——志布湾。面临这座海湾的福岛港,位于宫崎县外侧,开往下一站的火车,途中越过和鹿儿岛的交界处。歌岛丸在福岛港装货,装载了一千四百石[①]木材。

驶出福岛之后,歌岛丸就成为远洋轮了。从这里到达冲绳要花两昼夜乃至两昼夜半。

---

① 石(日语发音 koku),木材装船单位,一石约合十立方尺。

……没有装货任务或空闲的日子,船员们就躺在船室中央的三铺席的榻榻米上,欣赏手提留声机的唱片。唱片只有几张,大都磨破了,生锈的唱针划出了沙沙拉拉的歌声。这些歌表达的不外乎是海港、水手、雾、思恋的女子、南十字星、酒和叹息。轮机长不懂音乐,每一次航海试着学习一首歌,可总也记不住,到了下次航海又全忘记了。船身一摇晃,唱针就斜斜地划伤了唱片。

晚上,他们又漫无边际地谈论到深夜,什么"关于爱情和友谊"啦,什么"关于恋爱和结婚"啦,还有什么"和生理盐水注射相等的葡萄糖注射"等话题,都反复争论了好几个小时。结果,顽强坚持到底的人就是胜者。做过岛上青年会会长的安夫,他的井井有条的议论博得前辈们的敬服。至于新治,他只是默默抱着膝头,微笑着听别人发言。"他肯定是个傻瓜。"一次,轮机长对船长说。

船上生活十分繁忙,一起床就要打扫甲板,所有杂活都轮到新手的头上。偷懒的安夫渐渐为大伙儿所厌恶,他的态度只求完成任务了事。

新治庇护安夫,也帮他干活儿,所以,安夫的这副态度没有立即暴露出来。一天早晨,安夫扫完甲板装着上厕所,躲到船室里偷懒,挨了水手长一顿臭骂。安夫用一种极不得当的口气回答道:

"反正我回到岛上，就是照爷家的女婿啦。到那时候，这船就是属于我的。"

水手长怒不可遏，可转念一想，万一要是这种结局怎么办？从此以后不再正面训斥安夫了，只是把这个难以对付的新手的回话告诉了同事们。结果，反而对安夫不利。

新治忙得不可开交，每晚睡觉前的一段时间，要是不碰到值班，连看一眼初江的照片都找不到空儿。照片没有给任何人看。一天，安夫又吹嘘他是初江的女婿时，新治难得地向他施行一次极为巧妙的复仇。他问安夫有没有初江的照片。

"唔，我有。"

安夫立即回答。新治明知他撒谎，自己心中充满幸福。过了一会儿，安夫问新治：

"你有吗？"

"有什么？"

"初江的照片。"

"唉，没有。"

这恐怕是新治生来头一次说谎。

歌岛丸到达那霸，经过海关检疫，入港，卸货，强行停泊了两三天时间。因为要从运天港装铁屑运回内地，而运天港是不开放港，要转往运天必须拿到通行证，但通行证又迟迟下不来。运天位于冲绳岛北端，是战争期间美军最早登陆的地点。

由于一般船员不允许上陆,所以每天只能从甲板上眺望岛上的秃山过日子。山上的树木都被当时进驻的美军烧光了,因为他们害怕会有未爆炸的哑弹残留。

朝鲜战争已经结束,岛上的景观依然很不寻常。战斗机演习的轰隆声终日不绝,港口一带宽阔的水泥路上,亚热带夏天的太阳光辉灿烂,数不尽的车辆来来往往。有小轿车,有大卡车,有军用汽车。沿途临时建造的美军营房,鲜明的油漆闪闪放光。民房被拆除,东一片西一片的白铁皮房顶,给风景涂上了丑陋的斑点。

上岸的只有大副一人,他要去山川运输承包公司喊代理人来。

终于拿到了开往运天的许可证。歌岛丸进入运天港装载铁屑。这时,听到冲绳进入来袭台风的半径以内的警报。为了尽快开船以便逃离台风圈,轮船于早晨驶出了港口。其后只要一直向内地航行就可以了。

早晨下了小雨,波高浪险,风向西南。

背后的山峦立即看不见了,歌岛丸凭借罗盘沿着视野狭窄的海面行驶了六个小时。晴雨表的指示急速下降,一浪高过一浪,气压低得有些反常。

船长决定返回运天。风狂雨猛,视野一片模糊,返航的六小时艰难备尝。终于看到了运天的山峦。对于这一带地形十分熟悉的水手长，站在船头瞭望。海港外围是两海里的珊瑚礁，要驶入没有设置浮标的最后一段航路，是非常困难的。

"停车……前进……停车……前进……"

歌岛丸多次停止，降低时速，终于进入了顶头的珊瑚礁。时间是下午六点。

珊瑚礁内侧有一艘避难的松鱼船。由于这条船用好几条缆绳同歌岛丸连接在一起，不时地帮助调整船舷，歌岛丸才得以驶入运天港。港内波浪虽然较低，但风势逐渐加强，船舷联结在一起的歌岛丸和松鱼船，分别用两条缆绳和两条钢索，紧紧系在港内宽约三铺席的浮标上，以此防备风灾。

歌岛丸没有无线电设备，只有罗盘作为航向的指南。因而，松鱼船的无线电台长，将台风经过的路线和走向等情报，逐一转告给歌岛丸上的瞭望塔。

入夜，松鱼船甲板上每次派出四人一组进行警戒，歌岛丸上也每次派出三人一组加强警戒。目的是监视缆绳和钢索会不会断裂，因为谁也不敢保证绝对不会断裂。

浮标是否可保无虞，已经令人不安，但是船缆要是断了就更加危险。值班人员一方面要和风浪搏斗，还要多次冒着危险用盐水濡湿缆绳。因为一旦变干就更容易断裂。

晚上九点，两艘船被风速二十五米的台风包围了。

轮到夜间十一点值班的三人是新治、安夫和一位青年水手。他们三个撞着墙壁爬到甲板上来。飞溅的水沫针刺一般洒在每人的面颊上。

甲板上无法站立。甲板像墙壁一般堵塞在眼前,船上所有部分都在轰鸣。港内的波涛虽然不足以洗刷甲板,但是海浪经风撕碎的飞沫,翻卷着水雾,覆盖了视野。三人好不容易爬到船头,死死抱住近旁的铁桩。两条缆绳和两条钢索将这铁桩和浮标联结在一起。

夜间,二十米之前的浮标依稀可辨,白色的东西也一片黝黑,只能勉强显示所在的地点罢了。而且,随着钢索悲鸣般的嘎嘎声响,一阵阵强风,将船体高高抬起,浮标在昏黑而遥远的下方,看起来十分渺小。

三人抱住铁桩,互相对望着,一言不发。海水随风吹到脸上,几乎睁不开眼睛。风嘶浪吼,反而给包裹着他们三人的无边的暗夜,增添了一种狂暴的静谧。

他们的任务是看守缆绳。缆绳和钢索紧紧地将浮标和歌岛丸联结在一起。所有的一切都在劲吹的狂风里飘摇不定,唯有这船缆硬是划出一根坚挺的直线。坚决守住这条线,这一想法给他们心中带来了不可动摇的信念。

一时,风似乎突然停息,这一瞬间,反而使三人一阵战栗。紧接着,大块的风团又呼啸而至,吹弯了桅杆,以排山倒海之势向他们袭来。

三人无言地守着船缆。船缆在风里断断续续发出吱吱嘎嘎的叫声。

"瞧那里！"

安夫高喊一声。钢索发出不吉利的声音，卷在铁桩的一端似乎有些滑脱。三人眼前的铁桩产生了极其微妙而可怖的变化。这时，黑暗中一根钢索反弹过来，鞭子一般撞击在铁桩上，发出一声脆响。

他们立即趴下身子，断裂的钢索没有打在他们身上。要是打在身上，肯定皮开肉绽。钢索犹如濒死的生物，一声巨响，在黑暗的甲板上弹跳、蜷缩，弯成个半圆，不动了。

三人眼睁睁看着这种事态，个个面色苍白。很清楚，连接着船体的四条船缆断了一条。剩下的一条钢索和两条缆绳也很难保证不再断裂。

"我去报告船长。"

安夫说着离开铁桩。他扶着东西前进，几次被晃倒在地上，终于到达瞭望塔。安夫向船长做了汇报。身高马大的船长十分沉静，至少看起来是如此。

"是吗？该使用救生索了吧？台风凌晨一点风力最强，眼下使用救生索当是万全之计，必须有人游过去将救生索拴在浮标上。"

船长将瞭望塔交给二副，随后和大副跟着安夫一道来了。他们犹如黄鼠狼拉鸡一般，把救生索和新的细绳索从瞭望塔徐徐拖向船首。

新治和水手抬起询问的视线。

船长曲着身子大声喊道：

"谁愿意去把救生索拴到对面的浮标上？"

风的轰鸣掩护着沉默的四个人。

"没有吗？胆小鬼！"

船长又叫了一遍。安夫颤抖着嘴唇，缩起脖子。新治爽朗而响亮地应了一声。这时，他确实在微笑，黑暗中浮泛着洁白而美丽的牙齿。

"我去！"

"好样的，去吧！"

新治站了起来。在这之前，他一直缩着身子，青年感到一阵耻辱。风从深沉的暗夜袭来，撞击着他的身体，脚底下不住摇晃的甲板，对于习惯于恶劣天气照样出海捕鱼的他来说，只不过是一块多少有点儿动怒的地面而已。

他侧耳倾听。台风在他英勇的头颅上空呼号。大自然不论是静谧的寝床，还是狂欢的宴席，他都同样具有被邀请的资格。汗水浸透了他雨衣的内侧，后背和前胸都湿漉漉的。他脱掉雨衣，只穿一件白色圆领衬衫，赤着双脚。黑暗的风雨里浮现着一位青年的英姿。

船长指挥四个人将救生索的一端拴在铁桩上，另一端接上细绳。因为风雨阻挡，作业进展很慢。

细绳索一旦系牢，船长将一端伸给新治，在他耳畔喊道：

"把这绑在身上游过去,然后把救生索捎过去,系在浮标上!"

新治将细绳在腰上缠了两圈儿,站在船头,俯视着大海。浪峰撞击着船头炸开来,飞溅的水沫下面,是看不见的卷曲、盘旋的黑魆魆的波涛。一股股暗波极不规则地反复回旋,暗藏着支离破碎的危险,猝然涌向眼前,又忽而滑下去,汇成翻卷的不知底里的深渊。

此时,挂在船室上衣衣袋里的初江的照片,倏忽打新治的心头掠过。然而,短暂的一闪念,立即被风撕碎了。他从甲板上纵身一跃,跳进海里。

距离浮标二十米。纵然新治有着不弱于任何人的腕力,以及围绕歌岛能游五周的游泳技术,可以说,都很难保证能渡过这二十米的距离。一股可怖的力量扼住了青年的两腕,一根无形的棍棒击打着他那划过波浪的臂膀。他的身体不由自主地漂浮着,力量和海浪相互颉颃,相互咬合,脚底下像抹了油似的徒然地划动。自信很快伸手就能够到浮标了,新治从波浪中抬起眼睛一看,几乎和原来的距离一样远。

青年极力向前游去。一个庞然大物渐渐被斥退,道路打开了,犹如坚固的磐石被钻探机钻开。

青年的手触到了浮标,又滑回原来的地点。这时,一股幸运的波浪涌来,推拥着他的前胸刚刚触到浮标,又一下子将他抬起,助他一跃登上了浮标。新治深深呼了口气。大风堵住他的鼻孔和嘴巴，一瞬间喘不出气来。他一时忘记下边还该做些什么。

浮标委身于黑暗的大海，任其随意摇荡。波涛不断冲洗着半边，哗哗地流泻下来。为了不被大风刮走，新治趴下身子，解着腰间的细绳。绳结子浸了海水，很难解开。

新治拽着解下的细绳，这时才朝船头望去。船头铁桩旁边，四人抱成一团。松鱼船船首上的值班人员也注视着这里。虽然只有二十米，但看起来显得十分遥远，绑在一块儿的两艘船的黑影，高高地升起来，又立即沉落下去。

风对细绳的阻力很小，用手捯起来比较容易。忽然，绳端上加重了分量，直径十二厘米的救生索到来了，新治差一点儿坠入海里。

救生索在风中阻力很大，青年好不容易握住了一端。救生索很粗，他那坚实的大手掌几乎把握不住。

新治很难使上力气，即使要踏稳脚跟拉开架势，风也不允许他这样做。弄不好力气强不过救生索，就会被拽进海里。他濡湿的身体一阵燥热，脸上火辣辣的，太阳穴剧烈地跳动。

救生索一旦缠上浮标，作业就轻松了。因为有了用力的支点，粗大的救生索反而成了新治身体的依托。

他沉着地缠绕了两圈儿，打了结子，举手示意大功告成。

他清楚地看见船上的四人招手回应。青年忘记了疲劳，快乐的本能复苏了，衰弱的体力重新增强起来。他面对暴风雨，尽情吸了口气，跳进大海游回来。

从甲板上缒下绳索，将新治救上船。青年上了甲板，被船长的大手拍了一下肩膀。男子汉的毅力支撑着他，使他克服住几乎昏倒的劳累。

船长命令安夫扶着他去船室。没有当班的船员们为新治擦干了身子。青年上床，进入梦乡。不管风暴如何呼号，都不会妨碍他的沉睡。

……第二天早晨，新治醒来，枕畔已经洒满灿烂的阳光。

透过床头的小圆窗，他仰望着台风过后澄明的蓝天和亚热带艳阳辉映下的秃山的景色，以及平安无事的闪光的海面。

第 十 五 章

歌岛丸回到神户港，比预定时间晚了几天。所以，船长和新治还有安夫，没有赶在八月中旬旧历盂兰盆节之前回到岛上。在联络船神风丸的甲板上，三人听到了岛上的新闻：旧历盂兰盆节的四五天前，古里海边有一只大海龟爬上岸来。海龟立即被杀死，海龟蛋装满了一水桶，每个海龟蛋卖两元钱。

新治参拜了八代神社，随后又被十吉请去吃饭。他本来不会喝酒，这天硬是被灌了好几杯。

从第三天开始，他又乘上十吉的渔船出海了。新治对于航海的事只字未提，十吉都从船长那里听说了。

"听说你立了大功啦！"

"哪里。"

青年微微涨红了脸，不再多说什么。不知道他的人品的人，也许以为他这一个半月里，跑到哪里睡大觉去了呢。

过了一阵，十吉带着若无其事的口气问他：

"照爷那里什么话也没有吗？"

"嗯。"

"是吗?"

谁也没提初江的事,新治也不特别地在意,他在夏日波浪摇荡的渔船上,专心致志埋头干活儿。这种劳动就像新做好的手工精细的衣服,既合体又合意,再也无暇顾及那些烦心的事情了。

一种奇妙的满足感一直不离开他。傍晚,驶过海面的白色货船的影子,和他很久以前看到的虽然不属同一种类,但也能给新治新鲜的感动。

"我知道那轮船要驶往哪里。船上的生活和艰难情况我全都清楚。"

新治想。至少,这白色的货船失掉了未知的影子。晚夏黄昏时分,拖曳着长长的烟雾远航的白色货船,比起未知更令人心潮起伏的,正是这货船的形态。青年想起用手掌奋力拖住那条救生索的重量。曾经远眺过的那种"未知"里,新治确实用强劲的手掌接触过一次。他觉得,自己也能亲手接触那艘远洋中的白色货船。他在孩子般心情的驱使下,伸开骨节粗大的五根手指,指向暮云密布的东方的海洋。

——暑假过去一半了,千代子一直没有回来。灯塔长夫妇盼望女儿快些回家,写信去催,也没有回音。再次写信,过了十天,终于回信了,也没写明理由,只是说这个暑假不打算回海岛。

最后，千代子的母亲使出哭诉的一手，写了十几页信纸的长信，以快件发出，用骨肉亲情打动她，央求女儿快些归来。女儿回信时，暑假已经没有多少时日，新治回岛也过了七天了。信中意外的内容更使母亲甚感惊讶。

千代子在信里对母亲坦白说：暴风雨那天，她看到两人依偎着从石阶上走下来，就向安夫添油加醋地乱说一通，致使新治和初江陷入痛苦的境地。一种负罪的心情依然在折磨着她自己。千代子说，只要新治和初江还没有获得幸福，她就不会厚着脸皮回到岛上来。不过，如果母亲能居中调停，说服照吉允许他二人结婚，以此作为条件，她也可以回海岛来。

这封悲悲切切关系着人情来往的信，弄得这位好心的母亲胆战心惊。她觉得，自己要是处置不当，女儿耐不住良心的苛责，说不定会自杀。灯塔长夫人在各种书上看过不少可怕的案例，她知道这种年龄的女孩子，会因为一些琐碎细事而寻死。

灯塔长夫人不想让丈夫看到这封信。她决心万事都由自己尽快操办，争取女儿能早一天回到岛上。她换上一件做客用的白麻布礼服，于是，她又恢复了女校时代作为班主任进行家庭访问时的风采。

通向村口的道路近旁有户人家，门前铺着草席，晒着芝麻、小豆和大豆等作物。青青的芝麻粒儿，沐浴着晚夏的阳光，在颜色鲜亮的草席粗疏的皱褶里，留下一个个可爱的纺锤形的影子。从这里眺望海涛，今天不很高。

夫人穿着白色凉鞋，脚步轻轻，顺着通向村中的大道一级一级走下去。她听到了欢快的笑声，还听到了一阵阵敲打湿衣服的声音。

一眼望去，路边小河岸边，有六七个穿着便服的女人，正在洗衣服。旧历盂兰盆节过后，她们偶尔去采采黑色海带，空闲的海女们就一门心思洗涤积攒下来的脏衣服，其中也有新治的母亲。人人都不大爱用肥皂，只是将衣服摊在石板上，两脚站在上头用力踩。

"哎呀，是夫人，今儿到哪儿去呀？"

女人们异口同声跟她打招呼。便服的裤脚儿高高卷起在黝黑的大腿上，荡漾着河水的影子。

"我到宫田照吉先生家去一下。"

夫人回答道。她想既然见到了新治的母亲，不吱一声就去张罗人家儿子的婚事，有点儿不大自然。于是，她从石板道上绕到河岸下面，两脚踏上了苔藓覆盖的滑溜溜的石阶。她的凉鞋走起来很危险。她背向小河，又多次转头偷偷瞅了瞅河面，抓住石阶，慢慢走了下去。一个女子站在河中央，搀了夫人一把。

走到水边，夫人脱去凉鞋，她想蹚水过河。

对岸的女人们见她要冒险，个个吓得目瞪口呆。

夫人一把抓住新治的母亲，在她耳边嘀咕了一阵子。可是她的不太高明的悄悄话儿，还是被周围的人听到了。

"其实啊,在这里提这些很不合适,那么新治和初江后来到底怎么样了?"

新治的母亲听到这个突如其来的问题,睁大了眼睛。

"新治很喜欢初江姑娘,是吧?"

"哦,这个嘛……"

"不过,照吉先生从中挡横,对吗?"

"啊,这个嘛……所以很头疼……"

"那么,初江姑娘的意思呢?"

其他的海女们对这番悄悄话听得一清二楚,大伙儿都一齐插进来了。提到初江,打从那次货郎举行授奖会以来,海女们都成了初江的好朋友,听到初江诉说衷肠之后,大家一致反对照吉。

"初江也喜欢新治。夫人,实话对你说吧,其实啊,照爷打算将那个没心性的安夫招为女婿。你看,哪有这样的傻事儿?"

"可不是嘛。"夫人用讲课一般的口气说,"东京的女儿寄信来威胁我,说务必让他们两个成婚。瞧,我这就去照吉家说说看。可总得先听听新治妈您的意见啊!"

新治母亲将脚下儿子的睡衣拎起来,慢慢地绞着水,思索了一会儿。随后,她面向夫人深深鞠了一躬。

"那就拜托啦!"

海女们出于一种侠义心肠,就像河边的水鸟一阵喧闹,互相议论起来。她们打算代表村里的妇女，跟着夫人一起到照吉家，借着人多势众吓唬吓唬他，这样更为有利。夫人同意了。随后约定，除新治母亲外，五个海女立即绞干衣服送回家，然后绕到通往照吉家的一个拐角处同夫人会合。

灯塔长夫人站在宫田家晦暗的土间。

"有人吗？"

她用年轻人一样的嗓音高声喊道。没有回答。站在门外的五个海女，经太阳晒得黧黑的面孔洋溢着热情，个个像仙人球，伸长脖子，目光敏锐地瞅着土间深处。夫人又喊了一声，她的嗓音在空荡荡的宅子里回响。

不一会儿，楼梯上有了响动，身穿浴衣的照吉下来了。看样子，初江不在家。

"哦，是灯塔长夫人。"

照吉大模大样地站在门框旁边嘀咕了一句。他对人从来没有笑脸，总是倒竖着鬣毛般的白发会见来客。看到他这副态度，好多人都想逃走，夫人虽然有些胆怯，还是鼓起勇气开腔了。

"有件事情来和您商量商量。"

"是吗？请进来吧。"

照吉转身又上了楼，夫人跟在后头，其余五个人也都悄悄登上楼梯。

照吉把灯塔长夫人引入楼上的客厅，自己坐到了房柱前边。他看到进来的客人增加到六位，也没有流露出惊讶的神色。他无视客人，眼睛瞧着敞开的窗户外面，手里摆弄着绘有鸟羽药店广告的美人画团扇。

窗户下面就是歌岛港，堤防里只停泊着一艘合作社的渔船。伊势海渺远的对面夏云耸峙。

由于屋外的光线太强，室内反而显得很黑。壁龛里悬着先祖担任三重县知事时的亲笔题字。此外还有一座根雕，雕着一只报晓鸡，利用分权的树枝做成尾巴和鸡冠，通身油亮，栩栩如生。

没有铺桌布的紫檀木桌子这边，坐着灯塔长夫人。门口的帘子前面，五个海女坐成四角形，也不知刚才的气势到哪儿去了，犹如举办便服展览会。

照吉依然将脸转向一边，闷声不响。

夏天午后酷暑时节的沉默持续着。屋子里十分寂静，只有几只上下飞旋的大银蝇在嗡嗡鸣叫。

灯塔长夫人好几次擦去了汗水。

她终于开口说话了。

"我要说的是，您家里初江姑娘和久保家的新治的事。"

照吉依然脸冲着窗外。过了一会儿，他才冒了一句：

"你是说初江和新治？"

"是的。"

照吉开始转过脸来,不见一丝笑容。

"你问那件事,已经定下来啦,新治是初江的女婿。"

女客们如河水决堤一般嚷嚷起来。照吉依旧无视客人们的感情,继续说道:

"尽管如此,他们还都太小,眼下先采取订婚的方式,等新治成人以后再举行正式婚礼。听说新治的母亲生活不太宽裕,我可以把他母亲和弟弟接来住,或者经过商量,按月给些钱周济一下。这件事还没有对任何人讲过。

"起初,我很生气,可一旦强使他们分开,初江就变得失魂落魄起来。我琢磨,这样下去怎么成?因此,想了个计策,叫安夫和新治都到我的船上来,比试一下看哪个人更有出息。我把这事儿托付给船长,船长又转告给十吉。看来十吉没有向新治泄露过一个字吧。唉,事情就是这样。船长很喜欢新治,说这样的好女婿到哪里找?新治在冲绳立了大功回来。这时我也改变了主意,决定选新治做女婿。整个过程就是如此……"

照吉加重语气说道。

"男子汉要有勇气,有了勇气就好办了。我们歌岛的男人都必须这样。门第和财产是第二位的。你说对吗,夫人?新治真是个勇敢的青年啊!"

第 十 六 章

新治可以公开地跨进宫田家的大门了。一天晚上,他打鱼回来,一手提着一条大鲷鱼,穿着洁净的白色开领衬衫,套着长裤,站在门口呼唤初江的名字。

初江已经准备停当,正等着他呢。他们相约到八代神社向神灵报告订婚的消息,然后再去灯塔表示谢意。

黄昏时分的土间很明亮。初江出现了,她穿着那次从货郎那里买的白地大朵牵牛花浴衣,雪白的底子在暗处显得更加鲜明。

新治一只手扶着门框等着。初江一出来,他就立即低下头,用一只木屐踢蹬着说:

"蚊子真多啊。"

"可也是呀。"

他俩登上神社的石阶。既然不必一口气跑上去,那就心满意足地一级一级脚踏实地地登上去好了。走到一百级,再这么向上登似乎有些可惜,青年想拉着初江的手,可是鲷鱼妨碍了他。

大自然亦垂赐他们以恩宠。升到顶端回望伊势海,夜空布满繁星,云彩呢,知多半岛的一角低云横斜,时时飞跃着无声的闪电。海潮的喧骚也不太剧烈。仿佛听到了大海那健康的、有规律的、安详的鼻息。

穿过松林,参拜质朴的神社。青年因自己的掌声响亮而深感自豪,于是他又拍了一次手。初江只顾垂首祈祷。在白地浴衣领口的映衬下,初江的颈项虽然不特别显眼,但在新治心里,比起任何雪白的颈项都惹他心动。

青年请求众神万般保佑,从心底里呼唤幸福。他俩久久地祈祷。他们一次也没有怀疑过众神,深信神灵会加倍保护自己。

神社管理所灯火通明。新治叫了一声,神官打开窗户,探出头来。由于新治说话不得要领,神官弄不清他们要干什么,讲了半天好不容易才明白过来。新治捧出鲷鱼请他供在神灵面前。神官接过肥硕的大鲷鱼,联想到将来也要亲自为他们张罗婚宴,打心里为他们祝福。

他俩从神社后头登上松林间的道路,眼下更加品味到夜间的清凉。天完全黑了,茅蜩鸣叫不止。通往灯塔的道路十分险峻,新治用空下来的一只手挽着初江。

"我呀,"新治说,"我想参加海员考试,将来当个大副。满二十岁就能获得资格。"

"太好啦。"

"拿到资格就举办婚礼。"

初江没有回答，羞涩地笑了。

拐过女儿坡，登到灯塔长官舍的路灯前边，看到玻璃窗上映着正在做饭的夫人的身影。青年像平时一样招呼了一声。

夫人打开门，看到伫立于夕暮中的青年和他的未婚妻。

"哎呀，你们结伴来啦。"

她两手使劲儿捧住新治递过来的大鲷鱼，高声喊道：

"孩子她爸，新治送来了大鲷鱼！"

懒得走动的灯塔长坐在屋里不肯到厅里来，他随口叫道：

"老是麻烦你，谢谢。这回祝贺你们啦。快请进，请进来吧！"

"哎，快进来呀。"夫人也跟着说，"明天千代子也回来。"

自己给了千代子多大的感动，带来多少困惑，青年一概蒙在鼓里，所以对于夫人这句没头没脑的话丝毫不加介意。

硬被留下来吃罢晚饭，两个人临走之前又在灯塔长提议下，参观了灯塔。才来岛上的初江，从未看过灯塔内部。

灯塔长首先陪伴他们看了值班室。

出了官舍，穿过今天刚刚播下萝卜种子的小菜园旁边，登上一段水泥阶梯就到了。灯塔位于高台的山脊上，而值班室则面临悬崖。

灯塔的灯光照射着值班室面临悬崖的一侧,形成一座雾气萦绕的光柱,由左至右横斜着移动过去。灯塔长打开窗户先进去,点亮了灯。挂在窗户木柱上的三角规,收拾得很整齐的书桌,以及桌子上的船舶通过登记表,还有临窗的脚架上的望远镜等等,都被灯光照亮了。

灯塔长打开窗户,照着初江的身高,亲自调好望远镜。

"嘀,真漂亮啊!"

初江用浴衣的袖口揩拭着镜头,她又看了一下,高兴地大叫。

新治凭借视力敏锐的眼睛一一说明初江所指方向的灯光。初江眼睛始终对着镜头,用手指着东南洋面数十处点点灯火。

"那个呢?那个是拖网机帆船的灯光吗?都是爱知县的船吧?"

海面上灯火熠熠,天空里星光闪闪,似乎在一一照应。眼前是伊良湖岬角灯塔的灯光,后面散缀着伊良湖岬角城里的灯光,左方筱岛上的灯火隐约可见。

左端看到的是知多半岛野间岬角的灯塔,右侧是丰浜岛繁密的灯光。中央的红灯是丰浜港堤防上的灯光,再向右则是大山顶上的辉煌的航空灯塔。

初江又喊叫起来了。镜头的视野里闯进来一艘巨轮。

那是一种美好的、肉眼看不见的明晰而微妙的映像。青年和他的未婚妻,轮流观望着这艘船悠悠然打镜头的视野里穿过。

这条船好像是两三千吨位的客货轮。甲板深处摆着一些铺着白色桌布的圆桌和坐椅，清晰可辨。没有一个人影。

餐厅深处的屋子里，可以窥见白漆的墙壁和窗棂。右方忽然出现一个身穿白衣的侍者，打窗户前边走过。……

不久，亮着绿色前灯和后樯灯的大船逃离镜头视野，沿着伊良湖水道驶向太平洋。

灯塔长陪同二人参观灯塔。摆放着注油器、油灯和油罐的一楼散发着油气，发电机轰隆轰隆地运转。登上狭窄的螺旋形的楼梯，顶端孤零零的小屋子里，悄悄装备着灯塔的光源。

两人透过窗户，看到灯光越过黑暗中波涛汹涌的伊良湖水道，由左向右，渺渺茫茫地横扫过去。

灯塔长有意撇下他俩，自己沿着螺旋楼梯下去了。

圆顶的小房子，周围是磨光的板壁，黄铜零件闪闪发光。五百瓦的光源灯周围，通过很厚的镜头扩大到六万五千瓦，保持连闪白光的速度，徐徐回旋。镜头的影子围绕四周圆形的板壁，发出嚓嚓嚓具有明治时代灯塔的特征的响声。青年和未婚妻的脸孔紧贴着窗户，镜头的影子从他们背部掠过。

他们两个脸庞靠着脸庞，彼此要想接触立即就能接触，就连火一般的恋情也是如此。……他俩面前有着不可预测的黑暗，灯塔的光芒很有规律地茫茫扫过，镜头的影子映在白色衬衫和白色浴衣的脊背上，歪歪斜斜地旋转着。

眼下，新治依然在思索。尽管那般辛苦，最终于道德之中，他们是自由的，众神的保佑始终没有离开他们的身边。就是说，这黑暗包裹的小小海岛，守护着他们的幸福，成全了他们的爱情。……

突然，初江冲着新治笑了，她从衣襟里掏出桃红的贝壳给他看。

"这个，还记得吗？"

"记得。"

青年露出美丽的牙齿笑了。接着，他从自己胸前的衬衫衣袋里，拿出初江的小照，给未婚妻看。

初江轻轻用手摸了一下自己的照片，又还给了他。

少女的眸子里浮现着矜持的神情。她愿自己的照片永远守护着新治。然而，这时青年耸了耸眉毛，他很清楚，闯过那次冒险完全是靠自己的力量。

（昭和二十九年）

译 后 记

《潮骚》成书于一九五四年四月，作者二十九岁。这部作品和前一年出版的《仲夏之死》皆以大海为舞台，但创作的理念和作品的风格完全不同，前者写出海的可恶与死亡的沉郁与恐怖，后者颂扬海的宏阔与丰饶，是一曲以大海为主题的生命的赞歌。

一九五七年，三岛横渡美洲大陆，站在墨西哥尤卡坦半岛玛雅文明的废墟上，感慨地畅言道：

"热带和死的情绪，是我终生不渝的主题……玛雅之神一直饥饿，不断寻求着食饵。因此，人死一事，就是自然被自然所吃掉，生命为生命所吞噬。即便自然已死，也会像小虫一样被蜘蛛吃掉。"（《旅行画本》）

三岛这一文学理念，早在四年前创作的《仲夏之死》中就充分体现出来了。"在那豪华纷乱的夏天，我们被死亡深深震撼。"小说开头引用的波德莱尔《人工的乐园》的句子，揭示了这一主题。

然而，海洋毕竟是一切生命的本源。比起一时的恶来，大海更富于长久的爱。《潮骚》一扫《仲夏之死》阴郁、沉闷的空气，运用明朗、欢快的笔调，创造了一个自然朴素、色彩鲜丽的田园牧歌般的世界。作者说过，他是以古希腊爱情故事《达夫尼斯与克洛埃》为蓝本，塑造歌德笔下《赫尔曼与德罗蒂娅》中那样一对理想的恋人。

小说里的歌岛是伊势湾口的一个小岛，原名神岛。这里风光旖旎，经济富庶，是个远离现代化都市影响的荒海渔村。就在这个小岛之上，演绎着老一代海女的儿子和年轻的海女姑娘朴素而真挚的爱情。这里没有现代都市居民的困惑和不安，有的只是明朗的阳光、喧骚的海浪、闪亮的灯塔、扑鼻的潮腥，以及往来的渔船、欢笑的男女……

《潮骚》展现了真诚、热烈而野朴的人性，是三岛文学苑囿中一枝瑰丽的奇葩。

译　者

二〇一一年七月大暑

记于春日井市寓所